무비노블**Movie Novel** 로맨틱코미디

예쁜 여자
그냥 여자

주연: 정서영

글: 이영호
감독: 빅터리

무비노블[MOVIE NOVEL]이란,
글/사진/표지디자인/내지디자인/
대본/촬영/감독/편집/자막/번역/DVD제작/
의상코디/작곡/작사 등의 모든 과정을
1인 아티스트가 기획 및 창작하는 아트워크입니다.

영화와 소설이 결합된 최초의 콘텐츠 장르로서
'패션디자이너 빅터 리'가 시작합니다.

SCENE #

단지 우린 서로 잘 안 맞았던 거야
전화 왔어, 그 남자면 어떻게 하지?
회사 앞, 또 기다리고 있지 않을까?
사랑받던 사람은 언제든 떠날 수 있어
사랑하던 사람은 영원히 보낼 순 없어
헤어진 게 아니라 생각할 시간이 생긴 거야
여자, 지금도 헤어지는 중입니다.
못 마시던 커피를 마시기 시작해
떠났다고 했는데, 넌 여전히 내 곁에
슬픈 노래를 들었어, 왜 내 얘기 같지?
AS 되는 여자
너보다 잘생기고, 돈 많은 남자를 만날 거야
미안해, 너 못 잊겠다. 머릿속을 FORMAT
키 크지도 않은 너란 남자, 그래도 좋은데
내가 나에게 주는 선물
쇼핑하는데, 투정하던 네가 없어
내가 만든 계란프라이 처음 먹은 건 너야
연애는 이코노미석, 이별은 비즈니스석
미안해, 쿨하지 못해서
나한테 화났던 마음은 착불로 보내줄래?
우리 다시 연애할 수 있을까?

시작합니다.
START

SCENE #
단지 우린 서로 잘 안 맞았던 거야

통조림과 고등어가 사랑을 했다.

고등어는 남자 '태연', 통조림은 여자 '태희'이다. 사랑에 빠지니 늘 붙어 다니는 게 꼴사나워서 친구들이 붙여준 애칭이다.
그래서 태희와 태연의 연애 이야기가 고등어통조림의 러브스토리가 되었다. 예쁜 여자가 그냥 여자가 되는 이야기이기도 하다. 태희가 실연당했다. 그래서 지금부터 이야기는 '여자', '남자'라고 부르기로 했다.

지금부터 이야기는 '태희'가 큐레이터가 되기 전, 그러니까 회샷일 열심히 하던 프로그래머 시절 이야기다.

여자의 회사 앞에 남자가 찾아가고, 남자의 회사 앞으로 여자가 찾아왔다. 남자가 여자에게 사랑한다고 고백하고, 여자는 남자의 마음을 받아들였다. 남자와 여자가 세상의 주인공이 되어 지구의 주인공처럼 살아가는 시간이다. 다른 사람들은 엑스트라일 뿐, 삶의 주인공은 언제나 그 둘 만이었다. 처음엔 주말에만 만났다.

놀이공원에 놀러가고 영화를 같이 보며, 커플 사진도 찍었다. 밥도 같이 먹고, 까르보나라도 먹었다. 여자는 남자에게 커플룩**COUPLE LOOK**을 사줬고, 남자는 여자에게 커플링을 해줬다. 그렇게 시간이 흐르고, 그 행복이 영원할 줄 알았다.

그런데, 어느 날...

남자와 여자의 사이가 멀어지기 시작했다.
불길한 징조는 연락이 뜸한 남자의 태도가 문제였다. 여자는 불안해지기 시작했다. 남자의 전화를 기다리는 날이 많아진 여자는 불안했지만 여자이기에 그런 것처럼 겉으로 표시를 안 냈다.

여자의 불길한 예감은 항상 들어맞는다. 여자도 마음을 정리하며 남자와 헤어질 준비를 했다. 여자는 남자의 행동을 보면서 이 남자가 언제쯤 이별을 통보할지 무작정 기다리기만 했다.

여자에게 미안한 건 남자도 마찬가지였다.
하루에 3번 이상 여자에게 걸던 전화를 하루에 2번, 하루에 1번으로 줄였고, 일주일에 2번 정도 통화하던 사이가 1주일에 한 번이 된 걸 깨달았을 땐 이미 예전으로 되돌아가기 너무 어렵다는 걸 깨달은 뒤였다.

(헤어지려는 마음) 1일째.

남: 잘 잤어?
여: 응.
남: 오늘도 수고.
여: 응.

(헤어지려는 마음 3일 뒤) 2일째.

남: 요즘 바빠서 전화 못 했어. 뭐해?
여: 밥 먹어.
남: 맛있게 먹어.
여: 응.

(헤어지려는 결심 5일 뒤) 3일째

남: 이번 주에 우리 만날까?
여: 날씨 춥대.
남: 그래그래. 괜히 밖에 다니면 고생만 하지.
　　나도 회사 출근해야 해.
여: 그래, 열심히 해. 화이팅!

여자와 남자는 서로에게 헤어질 이유를 찾기 시작하고, 남자와 여자는 어느 날 마치 헤어지는 중이었던 연인들처럼 서로에게 작별인사를 나누게 된다. 사실, 그 전에 남자에겐 다른 여자가, 여자에겐 다른 남자가 생긴 건 아니다.
헤어질 결심을 굳히고 다른 사람을 미리 만들어두는 건 아니었다. 그 둘만의 사이가 예전처럼 애틋하지 않았다는 걸 깨달은 건 여자가 먼저였다.

여자는 남자의 입보다 눈빛을 먼저 보니까 헤어질 조짐을 여자가 먼저 안다. 사실, 남자도 여자에게 미안하니까, 남자가 먼저 사귀자고 했던 건데 이젠 헤어지자고 먼저 말하면 남자로서 미안하니까 그러면서 속마음을 숨긴다고 하면서도 눈빛은 그러질 못했다.

남자는 여자랑 같이 있으면서도 여자의 손을 잡아주지 않는 자기에게 낯설어했을 정도니까 말 다했다.

이 두 사람은 왜 서로 헤어질 결심을 했을까?

그래, 안다.
여자와 남자의 사랑이라고 해서 반드시 행복한 결혼이라는 해피엔딩을 갖는 것은 아니다. 지금 그 여자와 사귀는 남자는 대부분 이전에 한 두 명의 다른 여자와 헤어진 경험이 있으며, 남자와 사귀는 대부분의 여성 또한 이전에 한 두 명의 사람을 만나본 경험이 있었다.

연애하고 사귀고 헤어진다는 건 특별한 감정은 아닌데, 만나고 헤어지는 건 연애하다 보면 충분히 그럴 수도 있는 일인데, 왜 이번 헤어짐은 여자의 심장을 도려내듯이 아파만하게 하는 걸까?

세상은 여자에게 남자를 어떻게 만나라고, 어떤 남자가 좋은 남자라고 살짝 귀띔해줬지만 이건 없었다. 지금까지 어떻게 헤어지라고 말해주는 배려, 거기에 실연당했을 땐 어떻게 대처하리고 가르쳐주지 않았다.

여자는 남자에게 고백을 받는 대상이라고 했을 뿐이다, 여자가 남자에게 먼저 좋아한다고 고백하는 건 여자로서 자존심을 버리는 짓이라고 했다.

여자의 자존심이란 게 명품 백이나 유명 브랜드 옷, 유행하는 헤어스타일, 가을과 겨울부츠, 하이힐 그런 게 전부가 아니라고 했다. 여자는 남자에게 어필하는 매력이 있어야 한다고 했다.

(드디어 온, 그 날)

남: 우리... 당분간 시간을 좀 가져볼까?
여: …… 우리, 헤어져.
 나한테 신발을 사주다니?
 헤어질 마음으로 그런 거 아냐?
남: 그래. 미안해.

그런데, 여자가 지금 많이 아프다.
남자에게 헤어지자고 먼저 통보한 쪽도 여자였는데 이상하게 여자가 더 아프다니?
남자가 여자에게 헤어지자고 말할 분위기로 보이기에 여자는 미소 지으며 먼저 헤어지자고 했을 뿐인데, 여자가 혼자 있으니까 마음이 너무 아프다.

여자는 잠시 멈췄던 교회도 다니기 시작했다,
하나님께 기도했다.
그 남자 꿈에 나오게 해달라고, 그래서, 그 남자가 여자에게 전화를 걸어오게 해달라고 기도했다.

남자가 사준 신발을 신고 새벽기도를 다니기 시작했다. 여자는 안 마시던 술도 마셨고, 피부에 안 좋고 맛도 안 좋은 술인데, 술을 마셨다. 그래, 여자도 다 안다. 실은, 그 남자에게 배운 술이다. 술을 마시니까 가슴이 더 아팠다.

여: '나 드디어 술 땜에 간 나빠진 거야?'

건강 걱정하다가도 순간 남자 생각이 났다.
이렇게 술 마시다가 여자가 간 나빠지기라도 하면 자기가 간 떼어 줄 거라며 술 취해 망발하던 남자였는데, 여자보다 자기가 더 술 많이 마시고 더 상태가 안 좋긴 하겠지만 그래도 자기 간 중에 쓸 만한 부분을 떼어내서 이식해주겠노라며 한잔 더 하자던 남자였는데, 그 남자는 이 술을 마시며 여자랑 같이 웃고 대화를 나눴는데, 왜 여자는 지금 더 아픈지 몰랐다.

여자는 지금 마시는 술은 같은데, 그 남자가 없으니까 그게 아프다는 걸 깨달았다. 여자는 술김에 전화를 꺼냈다.
여: '아, 이런. 씨.'

여자는 자기 성격이 너무 지랄 같다고 생각했다. 남자 번호가 없다. 아까. 헤어지자고 하자마자 지웠던 게 기억났다. 혹시 모르니까 근데, 번호를 찾기 시작했어. 여자는 제발 남자 번호를 다시 볼 수 있기를 바랐다.

여: 그래, 아까 한 말은
　　이 남자가 생각 없이 그랬던 걸 거야.
　　지금쯤 엄청 후회하고 있겠지?
　　나 같이 예쁜 여자를 지가
　　어디 가서 또 만나?
　　지가 나랑 사귀자고 해 놓고,
　　내가 요즘 그 남자에게 무심하긴 했어.
　　그러니까, 지가 먼저 차일까봐
　　나한테 오해하고 말한 걸 거야.
　　나도 너무 나쁜 여자야,
　　남자들 울리기나 하고.
　　하여간 남자들이란. 훗.

그 녀석의 심리상태를 생각할 때 지금쯤 나란 여자 놓친 걸 엄청 후회할 거란 느낌이 들어 웃음이 나왔다.

'네가 세상 어딜 다녀봐. 나처럼 예쁜 여자 또 만날 수 있을 것 같니? 넌 이번에 대단히 실수한 거야. 네가 전화 100번 하고 회사 앞에서 30일 기다려도 내 마음이 다시 돌아서진 않을 거다.'

그런데.

         '이런 젠장. 나 진짜 병맛.'

며칠 뒤엔 욕도 나왔다.
'그 남자 앞에선 입 가리고 호호 웃는 여자였는데, 나 원래 이런 여자인 거야?'
카카오톡과 문자메시지, 이메일, 페이스북, 트위터 그리고 안 쓰던 미니홈피까지.
여자는 남자의 전화번호를 찾아봤다.
그런데, 평소엔 자기 방도 제대로 치우지 않아서 엄마한테 욕 먹고 살던 여자가 이게 무슨 일인가?
깨끗하게 정리된 그 남자의 사진과 연락처 모두 사라진 뒤였다.

여자는 생각했다.

'카카오톡 대화명이랑 미니홈피 인사말까지 '눈물'로 바꿔놨지 뭐야.'

'나 아까 뭔 짓을 한 거야? 평소에 안 그러던 애가 왜 이렇게 철저했어?'

'그래, 네가 이러니까 남자가 떠난 거야. 실연당해도 싸다 싸.'

여자는 술을 한 모금 더 마셨다.
생각했다.
이러다 나 죽을 수도 있겠다고.
여자는 또 가슴이 뜨거워졌고, 여자의 눈 바로 앞에 비가 내리기 시작했다. 술 한 모금 때문만은 아니었다. 눈에 땀이 나는 거라 여겼다.
눈물인가?
집으로 돌아가는 길.
여자는 지하철 좌석에 앉아 사람 많은 곳에서 창피한 줄도 모르고 울었다. 거위털 파카 점퍼를 두둑이 껴입은 덩지 큰 남자가 자기를 쳐다봐도 그냥 아무 생각이 안 났다.

거위의 아픔을 이해하는 여자가 되어 있었다.
온몸 털이 다 뽑히도록 여자인 나를 따뜻하게 해주기 위해 거위가 희생했다는 게 너무 슬퍼서다.

낯선 남자는 신경도 안 썼지만 그 남자 앞에선 1분이 멀다하고 메이크업 고치던 여자였다. 남들 앞에서 이렇게 찌질하게 궁상떨 줄 몰랐다.

여: 그 남자에게 예쁜 여자,
　헤어지면 그냥 여자 되는 거야?
　이별 뒤에도 예쁜 여자, 어떻게 하는 거야?
　자, 이제부터 나란 여자, 어떻게 해야 해?

그래서 여자가 책에서 배운 연애 팁

연인 사이에 생기는 트러블은 대부분 감정의 상처, 자존심의 범위 내에서 생긴다. 이 여자가 지겨워졌다거나, 저 남자가 싫증났다는 정도가 아니다. 서로 사랑하고 좋은 감정에서 만남을 이어가던 남자와 여자에게 생기는 트러블은 오히려 '상대를 배려해주기 위한 행동'에서 시작되는 게 많다. 상대를 배려해주다가 오히려 이별하게 된 결과를 만드는 셈이다.

남자의 거짓말은 주로 연애 중인 여자 외에 다른 여자를 만날 일이 있을 때 하게 된다.

일로서, 우연하게, 동창들과의 만남에서, 아주 오래 전 헤어진 첫 사랑 여자 등등. 남자의 거짓말은 다른 여자를 만나게 될 때 생긴다. 지금 연애 중인 여자가 알면 기분 나빠할 것이란 생각에서 배려해주느라 하는 거짓말인데 오히려 이게 화근이 된다.

나중에라도 여자가 알게 되는 일이 꼭 생기며, 왜 그때 거짓말을 했는지 여자는 더 기분 나빠진다.

남자가 자기 말고 다른 여자를 만났다는 사실 이전에, '다른 여자를 우연히 만났다고 해서 자기가 기분 나빠할 여자로 비춰졌다'는 사실에 더 기분 나빠한다.
여자는 자기가 그 정도도 이해 못 해줄 거란 생각을 한 남자에게 그동안 가졌던 믿음을 서서히 거두기 시작한다.

여자의 거짓말은 없다.

여자는 한 남자를 사귀기로 했다면 그 남자에게 집중하고 다른 남자는 눈에 들어오게 하지도 않는다. 다른 남자들이 접근하거나 다가와서 연락처를 물어보고 같이 사귀자고 해도 여자가 지금 사귀는 남자를 배신하는 일이란 좀체 없다.
남자와 여자의 가장 큰 차이점이기도 한데, 사실 이 점은 여자의 본능이 남자의 본능보다 우월한 것이기도 하다.

하지만, 여자도 남자에게 거짓말을 할 때가 생긴다. 매우 극소수의 여자의 경우에 한정된 일이긴 하지만 여자에게도 다른 남자가 눈에 오는 일이 생기고, 그 남자와 사귀거나 하는 건 아니지만 같이 밥이라도 먹으면서 대화를 해보고자 하는 호기심이 생기는 경우다. 이럴 때 여자는 남자에게 이런저런 이야기를 해주며 갑자기 바빠지기 시작한다.

'다음 달부터 학원 다니려고.'
'오늘 자기 보는 거 대신 오랜만에 친구들 모임 있는데.'
'오늘 아파. 집에서 쉬게.'
'나 오늘 회식이라 사람들하고 술자리 왔어.'

하지만 남자 역시 눈치가 빠르다.
여자가 다른 남자를 만나며 자신과 양다리를 걸친다는 느낌이 들면 남자는 여자에게 자세하게 물어본다. 트러블에 대처하는 남자의 방법이다.

남: 옆에 회사 동료 바꿔봐.

이럴 때 여자가 다른 남자를 바꿔주면 남자는 분노의 화살을 그 남자에게 돌린다. 특히, 여자에게 전화를 받은 남자는 '여자를 배려해주는 말'을 남자에게 해주면 절대 안 된다.
가령, 회식 끝나고 여자를 집에 데려다 주겠다든

가 장 챙겨주겠다는 말은 오히려 남자의 분노를 자극하는 말이 된다.

남: 당신이 뭔데 내 여자를 바래다주겠다는 거야?

남자들에겐 자기 여자를 바래다주는 것 역시 그 여자의 남자로서 자기가 해야 할 일이라고 여기기 때문이다.
이 사건 이후로 남자도 여자의 마음을 눈치 채고 서서히 이별의 시간을 준비하게 된다. 남자는 자기 여자에게 자기가 유일무이의 남자가 아니라는 걸 눈치 채는 순간 그 여자를 떠날 준비를 한다.

남: '이 여자도 역시 별 수 없구나.'

반면에, 남자와의 사이에 생긴 트러블엔 한사코 시치미 뚝 떼는 여자의 방법이 필요하다. 여자의 본심이 그렇지 않다는 사실이 중요한 게 아니다.

여자의 마음은 한 남자를 향했지만 그 남자가 오해할 만한 상황이 되었다면?

여자의 마음이 그렇지 않더라도 일단은 남자의 기

분을 배려해줄 필요가 있다.
남자는 고민이 생기면 혼자 해결하려는 본능이 있어서 어느 순간 자기가 '이건 문제'라고 여기면 누구의 말도 듣지 않는다.
물론, 여자는 그 고민에 대해 뒤집어 보고 파헤쳐 보고 주위 의견도 들어보고 하는 게 다르지만 말이다.

여: '그래, 까짓 헤어져!'

남자의 집요한 질문과 여자의 주위 사람에 대한 몰이해에 지친 여자는 헤어질 결심을 한다.

그동안 남자에게 서운했던 것도 기억이 새록새록 나고, 회식 자리에 있다는 자기 얘기도 사실을 안 믿고 심지어 옆 사람을 바꿔보라고 했다는 것에 대해 은근히 남자에 대핸 미움이 생긴다.

여: '내가 자기한테 어떻게 해줬는데?'
　　'흥! 내가 진짜 헤어지자고 하면 어쩌려고?'

그리고 여자는 남자에게 해선 안 되는 말까지 하게 된다. 로마의 시저 황제가 루비콘 강을 건너며

'주사위는 던져졌다'고 한 것이나 조선의 태조가 된 이성계가 '위화도 회군'을 결심하며 조선을 세운 것-에 비할 것은 아니지만-이라도 된 것처럼 여자는 남자를 혼내줄 결심을 하게 된다.

이참에 남자가 자신에게 어떻게 대하는지, 연애 초반에 뜨거웠던 것보단 미지근해진 남자의 마음도 떠볼 생각을 갖는다. 여자의 대단한 착각이 시작된다.

여: 우리 헤어져.
남: ......

그래 맞다.
여자는 남자의 마음을 떠볼 생각이었다. 여자가 헤어지자고 하면 남자가 이런 반응,

아냐 내가 잘못했어.
난 너밖에 없어.
헤어지자는 얘기는 하지 마.
미안해.
내가 앞으로 잘할게
　　　　　　　......라고 나오리라 여긴다.

그런데 이런 뎬장!
그렇게 기대하며 남자의 속마음을 떠보던 여자였다.

아, 진짜 쪼잔한 자식!

남자가 진짜 헤어진 줄 알고 연락도 안 받는다.
여자도 처음엔 마음을 졸이며 남자의 연락을 기다리거나 미안한 감정을 갖는다.
여자가 생각한다.

먼저 연락해볼까?
진짜 헤어지자고 한 줄 알고 생각한 건가?

내가 헤어지자고 했다고 그걸 붙잡을 생각도 안 하고 단박에 연락을 끊는 남자라니 너무 황당하다는 생각을 한다.
여자는 며칠 고민한다.
그리고 혼자 고민한 결정을 내린다.
결국, 이 남자랑 만나면 안 되겠다 생각하고 헤어지기 시작한다.

이별.

남자와 여자는 그렇게 헤어졌다.

그런데 헤어진 후에 어떻게 해야 할 지 대책 없는 이별이었기에 여자는 당황했다.
이럴 줄 알았으면 헤어진 다음에 해야 할 일들도 정리해두는 건데 여자는 준비성 강한 평소 자기 모습이 아니었다고 자책하게 된다.
미리 준비하지 못 했던 이별이고 갑자기 다가온 상황이기에 여자의 마음이 갈피를 잡지 못한다.
그리고 결심한다.

'맞아. 남자는 아닌데, 헤어지자고 했던 건 내가 먼저 그랬으니까, 이제라도 가서 혼자 힘들어하고 있을 그 남자에게 다시 잘 해보자고, 앞으론 내 말 잘 들으라고 해줘야지.'

여자는 남자에게 전화를 걸까 하다가 남자의 회사로 찾아갔다. 화사한 원피스를 입고 생머리로 길게 스트레이트 펌을 하고난 후 트리트먼트까지 했다.
그 어느 때보다도 예쁘게 차려 입고 남자 앞에 나타나면 그 남자도 여자의 이런 모습을 보고 한 눈에 반할 거라 생각했다.

남자를 힘들게 만든 여자의 배려라고 여겼다.
예쁜 여자는 용서가 되니까 그 남자도 여자에게 다시 만나달라고 할 게 분명할 거라고 여겼다.

그런데.

간만에 찾아간 그 남자의 회사 앞. 퇴근을 마치고 나오는 남자의 얼굴이 보며 남자 앞에 서려던 여자는 황급히 몸을 다시 숨겼다.
그 녀석이 다른 여자랑 히죽거리며 손가락 그것도 깍지를 끼고 나오며 여자를 보고 웃는다.

'나한텐 저런 미소를 한 번도 보여준 적이 없는데??'

여자는 또 머릿속이 복잡해지기 시작했다.

'헤어지자'고 말한 후에 오늘이 있기까지 얼마나 오랜 동안 생각하고 생각해서 내린 결론이었는데, 저 단순한 녀석은 지금 다른 여자랑 손가락을 깍지 낀 상태로 누구보다 더 행복한 얼굴을 지어보이며 나오다니 여자는 지금 그 순간 자기 자신이 초라해지기 시작했다.

'알고 보니, 이 녀석 그날 나한테 헤어지자는 말이 나오도록 유도한 거 아냐?'

여자는 몸을 숨긴 상태에서 남자를 보며 주먹을 꼭 쥐었다. 그 남자는 자기 옆에 여자를 자동차에 태우며 문까지 열어줬다. 여자가 먼저 타자 남자

는 차 뒤로 돌아가서 운전석에 탄다. 그 모습을 지켜보는 여자는 또 다시 분노가 용솟음친다.

'나한테만 차 문 열어주는 거라고 했던 녀석이!!! 다른 여자는 차에 태워주지도 않는다고 했던 저 녀석이!!!'

여자는 입술을 꽉 다문 상태에서 고개를 끄덕였다.

'그래, 우린 너무 안 맞았던 거야.'

그렇게 예기치 않았던 순간.
이 여자의 인생에 자유로운 싱글라이프가 돌아왔다. 집으로 돌아오는 길, 여자의 얼굴은 잔뜩 풀죽은 상태였다.

그리고 화가 난 상태였다가, 다시 울컥해진 눈물 어린 상태로 변했다. 여자의 그날 시스루가 초라해졌다.

'남자에게 통쾌한 복수를 해줄까? 그러기엔 내 마음이 아직 정리가 안 되었는데.'

여자는 그 남자가 자기 앞에 처음 나타났던 순간을 기억했다. 남자의 대시에 어쩔 줄 몰라 하던 여자였는데, 그 남자가 이런 말을 하면 어떻게 하고, 저런 말을 하면 어떻게 해야 하나 고민하고 즐거워하며 들떠 행복해 하면서 사랑할 준비에 고심하던 '나란 여자, 이별 준비엔 젬병이었네' 후회가 생겼다.

**미안해,
그동안 너를 몰라서**

**고마워,
지금까지 만나줘서**

SCENE
전화 왔어, 그 남자면 어떻게 하지?

지이잉.

전화다.
회사 안. 전화벨 소리 안 들은 지 오래다. 모든 전화는 진동으로 확인하고 이어폰으로 듣는다. 여자의 삶이 바뀌었다. 책상 위 컴퓨터 앞에 올려둔 스마트폰이 울린다.
여자가 화면을 확인했다. 다행이다. 그 남자는 아니다. 여자의 가슴 한 구석이 다행이란 느낌으로 채워진다. 여자는 그 날 이후, 전화가 올 때마다 조마조마하다.

'설마.'

여자는 남자의 전화를 기다리지 않는다.
아니, 최소한 여자는 그렇게 여긴다. 남자의 전화 따위 기다리지 않는 여자, 나란 여자를 놓친 그 남자의 인생이 앞으로 얼마나 불행해질까 깨소금 맛이란 여자, 그런 여자가 되기도 했다.
나같이 예쁜 여자를 놓치다니 지지리 복도 없는 놈(또는 녀석)이라고 여겼다.

무념무상.

그 남자의 회사 앞에서 보게 된 광경도 아무 일도 아닌 마음 상태가 되었다. 그 당시엔 솔직히 속이 쓰리긴 했다. (최소한 나한테는 보이지 않은 미소 띤 그 남자의 얼굴이라서) 하지만 그 남자의 뒷모습은 좋지 않았다.
그 남자랑 만난 조수석 그 여자도 행복해 보이지 않았다.

지금 이 이야기를 하는 여자보다 나이가 어려보이긴 했지만 '나이 어린 것 쯤이야' 상관없었다. 여자는 생각했다.

예쁜 여자를 몰라보고 놓친 그 남자, 그런 남자를

또 좋다고 만난 여자, 그 둘의 미래는 이미 나란 여자가 알고 있었다. 이제 남은 일은 나란 여자가 행복해지는 일 뿐이었다.

'확실히 그 여자보단 내가 더 예뻤어.'

그렇게 생각하려고 했다.
그런데, 요 며칠 사이 여자는 부쩍 전화를 자주 본다. 사실 여자는 전화기를 핸드백 안 또는 겉옷 외투 주머니 안에 넣어두곤 했다.

일을 할 때는 전화 받는 게 귀찮아서였고, 점심시간이나 퇴근 후에 확인해도 될 만큼, 하루 종일 여자에게 걸려올 전화가 많지 않아서, 그래, 별로 없어서였다. 업무상 통화를 할 일도 많지 않은 직종, 여자는 컴퓨터 프로그래머였다.

모니터 화면을 들여다보노라면 메신저 창이 울리고 그 속에서 메시지가 튀어나오곤 했다. 여자는 전화기를 꺼내놓지 않았다.

다시 말하지만. 그런 여자였다.

낯선 동료: 스마트폰 신형이에요?
         못 보던 모델이네요?

여자: ......(이런 제길, 듣고 싶지 않은 말 들었다.
    어떻게 해야 하지?)

여자의 스마트폰은 2년 전 구형 모델이다.
그것도 노예계약으로 구입해서 아직도 약정기간이
1년이나 남은 상태였다. 너무 오래 돼서 사람들이
보기엔 신형모델이라고 부른다.
그래, 맞다.
이 전화기 살 때 그 남자랑 같이 갔다.

'오마이갓! 커플요금제???'

불현 듯 떠오른 최악의 상황. 그 남자랑 맺어둔
커플요금제가 아직 해지되기 전이었다. 이렇게 되
면 여자의 위치가 남자에게 알려질 텐데, 커플요
금제 전화료는 여자가 내기로 되어 있는데?

여자의 얼굴이 하얗게 질렸다.
여자는 스마트폰을 들고 화장실로 뛰었다. 하필이
면 어제 회식자리가 과음의 자리였던가?

하늘도 무심하시지. 화장실은 속 쓰린 배를 움켜 쥐고 둥지를 튼 회사 동료들로 만석이었다.

시계를 보니 여전히 점심시간 무렵.
오후 2시가 되려면 멀었다. 오후 2시가 넘어야 그나마 속 쓰린 사람들 얼굴을 안 볼 터였다. 그들과 같은 공간에서 화장실에서 통화를 할 순 없었다.

각 좌석마다 쪼그리고 앉은 사람들이 여자의 이야기를 엿듣고 '커플요금제 해지 하겠다'고 하면 무슨 일인가 쳐다볼 텐데, 여자는 다른 곳을 찾기로 했다.

비상구 계단.

마침 점심시간 무렵.
오전 업무를 마치고 식사하러 나간 사람들이 많았다. 비상구 계단은 예전엔 흡연자들의 비상 흡연실이었지만 요즘엔 회사 건물 모두가 금연지역이라서 흡연을 하는 사람들도 없었다.

물론, 비상구 계단 통로에서 만나는 사람들은 있

었다. 여자가 스트레칭이라도 할 때 가곤 하던 장소였다.

여자가 들어서면 만나는 얼굴이 기억났다.
흡연실에서 휴게공간으로 변해버린 비상통로에서 눈가에 눈물이 그렁그렁하게 맺힌 채 여자를 맞이하던 여자동료의 얼굴이 떠올랐다.

남자랑 헤어진다고 해서 위로해줬던 여자였다.
남자 얼굴도 떠올랐다. 여자에게 차였다고 고백하며 도저히 일이 손에 잡히지 않는다고 말하던 게 기억났다.

끼이익.

비상구 계단 통로로 가는 길, 문을 열고 들어섰다. 아뿔싸. 그 남자와 여자를 만났다. 그 두 사람도 여자를 보곤 놀란 눈치였다. 이건 무슨 시추에이션?

썸남: 아, 안녕하세요.
　　　잠시 업무 얘기 좀 하느라. 업무 얘기.

썸여: 어머, 언니, 스트레칭 하시려고요?
실은 며칠 전부터 안 풀리던 업무가 있어서
조언 좀 받으려고요. 이제 다 배웠어요.

여자: ...... 근데, 네 입술에 립스틱은 왜 없어?

썸녀가 썸남의 얼굴을 보더니 황급히 서둘러 자리를 비켜 떠났다. 비상구 통로 계단 옆 문, 여자가 방금 들어온 문을 다시 열고 사무실로 가버렸다. 어색한 침묵, 비상계단 통로엔 썸남과 여자만 남았다. 남자 역시 하던 일을 두고 온 게 있다며 자리를 비켰다.

여자 혼자 남았다.

'아냐, 여기도 안심할 곳이 아냐! 밖으로 니가야 해!'

여자는 비상구 계단을 가로질러 회사 후문으로 나왔다. 평소엔 이런 통로가 있는지조차 거들떠 안 보던 여자, 회사 다니는 동안 이런 곳까지 알아둘 필요가 없다고 여기던 여자였다.

밖으로 나온 여자는 스마트폰 화면을 열고 고객센터 114를 눌렀다. 하지만 이내 곧 통화 중지를 눌렀다.

'이것들이?'

썸녀와 썸남이 방금 전 뭘 하고 있던 것인지 생각난 순간이었다. 썸남은 여자랑 헤어졌고, 썸녀는 남자랑 헤어졌다고 했다.
차인 남자랑 찬 여자가 만났다. 그 사이에 이별한 여자가 나타났다.

그런데, 썸녀의 입술에 립스틱 자국이 지워진 상태, 비상구 계단 통로에선 무슨 일이 있던 걸까?
여자는 심호흡을 했다. 침착하자. 침착하자.

"네, 여보세요?"
"네, 고객님, 무엇을 도와드릴까요?"
"네. 커플요금제, 해지하려고요."

114 고객센터 여자상담원은 능수능란했다. 여자의 말이 떨어지기 무섭게 '고객님, 커플요금제 해지되었습니다. 다른 문의는 없으십니까?' 물어본다.

여자는 궁금했다.
혹시, 그 남자가 먼저 커플요금제 해지해달라고 한 건 아니었는지 묻고 싶은데 차마 입이 떨어지지 않았다.

여자의 자존심.

여자는 차마 그것만큼은 물어볼 수 없었다.
커플요금제를 해지하는 것도 여자가 먼저 하고 싶었다. 남자에게 헤어지자고 말한 것도 여자, 커플요금제 해지한 것도 여자이길 바랐다.

고객센터 상담원이 여자에게 말했다.

"네. 고객님. 커플요금제는 고객님께서 요청하셔서 해지해드렸습니다."
"네? 네? 네."

역시 같은 여자였다.
고객센터 상담원은 여자의 마음을 알았다는 듯 묻지도 않은 이야기를 해준다. 여자는 안도의 한숨을 내쉬었다. 그 다음 상황이 상상되어 입가에 자신만만한 미소가 새어나왔다.

'분명 그 남자는 여자가 말해주지 않는 한 고객센터로 전화를 걸어서 '커플요금제 해지'를 해달라고 하겠지. 그런데, 고객센터 상담원이 '네, 고객님. 커플요금제는 이미 해지된 상태입니다!'라고 하겠지? 그럼 그 남자 얼굴이 볼만 하겠지? 아, 제발 이런 상황이 그 남자가 새로 만난 여자랑 커플요금제 신청하러 갔다가 듣게 되면 얼마나 좋을까? 그럼, 그 여자는 자기 남자를 보면서 '이런? 여자에게 먼저 차이는 놈?'이란 생각을 하게 될 텐데. 이 녀석아! 커플요금제는 내가 먼저 해지했다! 이것아! 나 이렇게 철두철미한 여자야! 몰랐지? 캬캬캬!'

상황 종료.

여자는 다시 사무실로 돌아왔다.

기세등등, 득의양양.

여자의 얼굴은 이제 갓 피어난 꽃봉오리처럼 생기가 돌았다. 그 남자에게 한 방 먹였다는 느낌에 방금 전까지 우울했던 기분이 없어지고 날아갈 것만 같았다.

여자가 사무실로 돌아오자 썸녀와 썸남이 동시에 여자와 시선이 마주쳤다.

상관없었다.
썸녀와 썸남의 눈빛은 '제발 남들에게 소문내지 말아 달라'는 마음이 느껴졌다. 물론, 그럴 생각도 없고 그럴 기분도 아니었다.

여자는 썸녀와 썸남의 눈빛을 보고도 모른 체 하고 다시 자리에 앉아 모니터를 켰다. 썸녀와 썸남의 마음이 재밌기도 했다. 여자는 그들의 연애가 잘 되길 바라는 마음뿐이었다. 썸녀는 여전히 립스틱을 바르지 않은 상태였다. 여자는 썸녀를 보며 얼른 입술에 립스틱 바르라는 시늉을 했다.

지이잉.

그때였다.
여자의 심장 맥박이 빨라졌다. 전화기가 울렸다.
스마트폰 화면에 문득 스쳐간 낯익은 이름.
여자는 그 자리에서 움직일 수 없었다. 전화기는 계속 울었다. 여자의 시선은 모니터를 향한 상태였다.

지이잉이이이...

전화기는 잠시 후 진동을 멈췄다.
그러나 여자는 눈길을 옮기지 않았다. 여전히 모니터만 응시한 채 그대로 멈춘 상태였다.
썸녀와 썸남이 여자에게 다가오려다가 다시 그들의 자리로 되돌아갔다. 여자의 눈엔 그들의 모습도 보였다.
그러나 여자는 어찌 된 일인지 입을 열 수도, 팔을 움직여 전화기를 들 수도 없었다. 식은땀이 흘렀다. 여자는 생각 중이었다.

'받을까?'
'그 남자인가?'
'아니면, 누구지? 맞겠지. 근데 왜 전화를 했지?'
'받으면 뭐라고 하지?'
'다시 만나자고 하면?'
'헤어지자고 한 거 취소하라고 하면 어떻게 하지?'
'왜 이제 전화를 했어? 커플요금제도 취소했는데?'
'그 여자가 별로였어? 그래서, 나한테 다시 오려고?'
'나같이 예쁜 여자 세상에 없다는 거 알았어?'

'지금 받으면 너무 일찍 받는 거 아닐까? 조금 뒤에 받을까? 아니면, 끊어진 거 확인했다가 두 번째 오는 전화를 늦게 받을까? 지금 받으면 너무 쉽게 다시 통화하는 거 아닌가? 아이참, 난 왜 시키지도 않은 일을, 왜 그렇게 빨리 커플요금제를 해지한 거야?'

'쟤네는 또 왜 나한테 오는 거야? 썸녀, 썸남 쟤들이 내 전화기 소리 듣고 대신 받으면 어떻게 해? 쟤들이 받고 나한테 바꿔주면? 전화기 벨이 왜 이렇게 길어? 안 받으면 좀 끊어봐라, 이놈아.'

여자의 머릿속은 햄스터 달리기하듯 쳇바퀴 안에서 맴돌기만 했다. 그리고 잠시 후, 전화 진동이 멈췄다. 여자는 그제야 참았던 숨을 쉬었다.

'휴우.'

그것도 잠시였다.

전화기 진동이 다시 울렸다. 여자는 전화기를 들고 천천히 귀에 갖다 댔다. 여자의 모니터 너머에 썸녀와 썸남의 얼굴이 보였다.

그들은 무엇을 알고 있는 것처럼 잔뜩 긴장한 얼굴로 여자의 동작 하나하나를 살폈다. 여자가 전화기를 들고 통화 버튼을 누르기까지 썸녀와 썸남은 입 안에 침이 마른 상태에서 침을 삼키려고 애쓰는 동작, 고개를 길게 앞으로 빼며 침을 억지로 삼키려는 모습이었다.

여자가 전화를 받았다.

"여..보세요?"

이윽고, 수화기 저쪽에서 들려온 목소리.
남자였다. 다른 남자.

"네, 혹시 이 전화기 주인 누군지 아세요? 주차장에 떨어져 있다고 어떤 사람이 갖다 줬어요. 이거 주인 아시면 전화기가 주차장 요금정산소에 있으니까 상태니까 찾아가라고 해주세요. 아셨죠?"

아, 낭패.

여자는 입술을 잘근 씹었다.
돌이킬 수 없는 일을 저지른 후회가 밀려왔다.

젠장,
젠장,
젠장.

그리고 또 젠장!

여자는 숨을 한 번 깊게 들이쉰 후에 자리에서 일어났다. 여자는 핸드백을 집었다. 아참 잊었다. 모니터에 허리를 굽혀 팀장에게 메시지를 날렸다.

'잠시 출타'

팀장은 메시지를 확인하고 곧바로 'OK.'라고 답장. 여자는 사무실을 나서며 엘리베이터에 탔다. 그 안에서도 지난 번 그 남자 회사 앞에서 주차장 앞에 나오던 그 남자 차가 또 생각났다.

'아놔, 진짜. 나 하루 사이에 다크써클. 이거.'

그런데 그 남자 뒷주머니에 스마트폰 전화가 없었다. 그 여자, 나이만 나보다 조금 어릴뿐이지 얼굴은 못 생긴 그 여자를 조수석에 태워주려고 몸을 구부려 차문을 열어주던 순간 빠진 걸까?

아니면, 운전석에 타다가 주차장 바닥에 흘린 걸까? 그 남자랑 어린 여자가 탄 차량을 끝까지 보지 않고 건물 뒤로 돌아서 회사로 그 자리를 피했던 자신의 모습이 떠올라서 속상했다.

조금만 더 있으면 이 남자 전화기를 내가 발견할 수 있었을 거고, 그러면, 어차피 그 전화기 내가 사줬던 거니까 안 돌려줘도 됐을 텐데. 여자는 속이 부글부글 끓기 시작했다. 자기 전화기를 흘리고 다니는 그 남자한테 갑자기 짜증이 밀려왔다.

'남자가 칠칠맞지 못 하게, 여자한테 홀려갖고. 참나. 그러고 다니니까, 나같이 잘 챙겨주는 여자 만났다고 좋아하더만. 잘 됐네. 쌤통이네. 쌤통. 나한테 그렇게 하트를 펑펑 쏟아냈으면서, 그깟 나이만 조금 더 어린 여자를 금방 새로 만나서 안절부절 못 하고 전화기나 흘리고 다니고. 참나. 미치겠네. 진짜. 그 전화기 그리고 내가 사준 건데.'

여자는 걸음을 멈췄다.
엘리베이터가 도착하고 문이 열렸다. 그러나 여자는 타지 않았다.

'내가 사준 건데?'

맞다. 남자의 전화기는 2년 전 여자가 커플반지 받은 대가로 남자에게 사준 연인 표시였다. 약정 기간이 남아 있어서 기기를 바꾸거나 해지는 못 하지만 그래도 처음에 가입비랑 기기 값 일부는 여자가 냈던 게 기억났다. 여자 앞에서 엘리베이터 문이 열렸다가 다시 닫혔다.

그리고 다시 열렸다.
여자가 층 버튼을 누른 상태였다. 엘리베이터 안에는 아무도 없었다.

'내가 사준 건데, 그 남자 일부러 버린 거 아냐?'
여자는 화가 났다. 남자 자식이 치사하게 여자가 사준 걸 버렸을까? 버리려면 여자에게 갖다 주던가 말이나 하고 버리지 왜 주차장 바닥에 버려서 남들이 보게 만들고? 오호? 그러니까 다른 사람들이 보게 해서 여자에게 전화를 걸어 갖고 가게 하겠다 이거였어? 그런 거야? 여자는 엘리베이터 안에 탔다.

잠시 후, 주차장 앞.

회사를 나선지 10여 분이나 지났을까?
여자는 그 남자가 다니는 회사 앞 주차장으로 달렸다. 오던 중에 떠오른 생각 때문이었다.
그 남자가 버린 거라면 전화기를 찾아가지 않겠지만, 만약 안 버린 거라면? 여자는 갑자기 숨이 가빠졌다.

남자보다 늦게 가면 안 될 일이었다.
여자의 생각은 이랬다.

만약 그 남자가 전화기를 버린 게 아니라 실수로 떨어뜨린 거라면? 주차장 직원은 여자뿐만 아니라 그 남자의 전화기 속 다른 사람에게도 전화를 했을 게 분명하고, 그 날 남자와 같이 차를 탄 그 나이만 조금 더 어린 여자에게도 전화를 했을 게 뻔했다.

그럼, 그 나이만 어린 여자가 남자에게 이 사실을 알렸을 거고, 그럼 그 남자는 주차장으로 전화기를 가지러 올 텐데?

무시무시한 약정의 힘, 노예계약의 파워였다.

'이런, 제길슨!'

여자는 젖 먹던 힘까지 온힘을 다해 달리기 시작했다. 아직 약정이 남은 전화기를 잃어버리기라도 한다면 남자는 위약금을 내거나 임대폰을 쓰거나 아무튼 어떤 방법을 찾아야할 거였고 그러려면 여자에게 전화를 걸어 같이 또 대리점에 가서 2대 묶음 약정폰 가격을 바꾸든가 해야 했다.

그 남자 전화기 없으니 아직도 커플요금제가 해지된 건 모를 텐데 그걸 알게 되면 그 자리에 그 여자가 있는 상황에서? 그 남자는 분명 여자에게 그새 못 참아서 커플요금제까지 해지했냐고 쏘아붙일 게 뻔했고, 그건 바라던 상황이 아니었다.

그리고 무엇보다도 참기 어려운 상황은 그 스마트폰 전화기 화면에 기록으로 남아있을 게 빤한 통화기록, 그 남자가 여자보다 먼저 전화기를 찾게 되면 통화 수/발신 기록을 열어 볼 것이고, 남자 전화기로 여자에게 전화를 걸었던 기록까지 보게 될 것이며, 그 남자는 자기 번호를 여자가 받았었다는 사실 하나만으로도 '이 여자가 나를 잊지 못하고 있구나?'란 착각을 하게 할 위험이 있었다.

이런 생각이 여자 전두엽을 거쳐 후두엽을 내려오며 대퇴부까지 도착한 순간, 무릎이 시큰거리고 다리가 저릴 정도로 내달려온 여자가 주차장 앞에 서서 주차장 직원을 찾았다.

"아.. 아..저씨.. 전..전..화기.. 얼...언..얼른..."

여자는 모처럼 오늘 출근길에 포니테일 헤어스타일에 뱅헤어를 했던 게 그제야 떠올랐다. 뒤로 묶음 머리에 앞이마를 살짝 가려서 눈썹까지 내린 헤어스타일, 새침하고 날렵하게 보이며 엘리트하게 보일 수 있는 이미지이길 바랐는데, 주차장 직원 눈에 비친 여자의 헤어스타일은 출근 복장이었던 블라우스가 어깨와 겨드랑이 부분이 땀에 젖었고, 뱅헤어로 이마를 가렸던 앞머리는 바싹 이마 위로 올라 땀으로 붙어버린 상태였다.

여자가 어릴 적 앞짱구라고 놀림을 당했던 바 있어서 앞머리가 없으면 도드라지게 툭 튀어나와 보이는 이마였다.

"아..아저씨! 얼..얼른!! 전화기 달라니까..요!"

주차장 직원의 놀란 표정 따윈 여자가 알 바 아니었다. 여자는 주차장 직원이 내민 남자의 전화기를 받아서 얼른 화면을 찾았다.
발신 기록에서 여자 번호를 지우고 전화기를 다시 주차장 직원에게 주려던 여자는 멈칫 동작을 멈췄다.

"아저씨, 혹시 이 전화기 주인 여기 온다고 했나요? 아저씨, 저 말고 또 누구에게 거셨어요?"

주차장 직원은 여자 포함해서 2~3명에게 전화를 걸었다고 말해줬다. 그리고 어떤 여자가 자기 옆에 남자를 바꿔주며 그 남자가 주인이라고 하기에 주차장에 맡아둘 테니 찾아 가라고 했다고 알려줬다.

"그게 몇 분 전이에요?"

여자랑 통화하고 바로 그 남자랑 통화를 했으니까 아마 곧 도착할 거 같다고 전했다.
주차장 직원은 여자가 물어보는 대로 말해주더니 이내 자기가 뭔가 잘못한 건 아닌지 걱정스런 표정이었다.

"아니에요. 괜찮아요. 그럼 이 전화기는 그 놈, 아니 그 남자 오면 주세요. 그리고, 제가 먼저 왔었다는 얘기는 절대! 절대 하시면 안 돼요! 아셨죠?"

여자는 주차장 직원에게 전화기를 건네주려다가 다시 멈췄다. 그리고 주차요금 정산소 안에 걸린 수건을 발견하고 전화기를 든 채 안으로 들어갔다.
수건을 집어 든 여자는 전화기를 구석구석 잘 닦은 후에 전화기를 수건으로 감싼 상태 그대로 주차직원에게 건넸다.
주차직원이 전화기를 받은 것과 동시에 여자는 주차요금정산소를 빠져나와 건물 뒤편으로 뛰어갔다. 주차요금 정산소 안에서 주차직원에게 전화기를 건넬 때 주차장으로 들어오는 그 남자의 차를 발견한 것과 동시에 벌어진 상황이었다.

'내 지문조차 남기기 싫어.'

회사로 돌아가는 길에 여자의 머릿속을 온통 헤집는 단어였다.

세상 뒤덮는 눈이 내려도 금방 녹는 이유

"너를 보고 싶어 하는 내 마음 때문이야"

SCENE
회사 앞, 또 기다리고 있지 않을까

"소개팅 하실래요?"

어느 날이었다. 점심식사를 마치고 들른 커피점에서 여자에게 소개팅 제안을 한 사람들은 썸녀랑 썸남이었다. 요 며칠 여자 주위를 맴돌며 눈치만 보더니 썸녀가 점심식사 후에 사무실에 들어가기 전 커피를 한 잔 사겠다고 해서 따라나선 자리였다. 썸녀랑 여자가 자리를 잡은 후 5분이나 흘렀을까? 썸남이 마치 기다렸다는 듯 합석을 했다.

"소개팅 꼭 하세요. 멋진 남자에요. 키도 크고, 능력도 되고, 그동안 돈 벌고 공부하느라 여자친구 사귀어본 적도 없는."

썸남의 말에 썸녀가 흘깃 쳐다봤다. 여자의 퀭한 눈빛을 본 걸까? 썸남의 말이 멈췄다가 썸녀의 눈치를 보고 다시 말을 이었다.

"여자 친구는 사귀어 본 적은 있는데 오래 전에 헤어졌대요. 그래서 싱글된 지 오래. 아, 진짜 이런 말 하니까 무슨 이혼했다가 싱글로 돌아온 사람 말하는 거 같은데 그건 아니고요, 미혼남자에요. 군대도 다녀왔고 회사 생활도 잘하고 있고요. 어때요? 괜찮으시죠? 진짜 다른 뜻 없고요, 그냥 만나보시라고 제안 드리는 거예요. 어울리실 것 같아서요."

여자의 기억,
그러니까 썸녀와 썸남이 해준 말의 요지는 그랬다. 멀쩡하게 군대 다녀와서 연애도 해봤고 사회생활도 열심히 하는 남자라는 것, 지금은 여자 친구가 없는 남자니까 여자에게 만나보라고 하는 것, 그게 전부였다.

썸녀와 썸남은 여자에게 소개팅 제안을 하면서도 빠트린 것 두 가지가 있었지만 여자는 구태여 그들에게 물어볼 생각도 없었다.

딱히 그걸 밝히자면 그 남자의 외모 생김새와 나이였다. 썸녀와 썸남은 여자에게 소개팅 제안을 하면서도 상대방의 나이와 외모는 말하지 않았다.

식사를 마치고 커피 한 잔을 마시며 이런 저런 이야기를 나눈 사이 시간이 흘러 업무 시간이 다 되었다.
여자는 자리에서 일어서면서도 계속 소개팅을 할 것인지, 꼭 소개팅을 하라고 다그치는 듯 썸녀와 썸남을 바라보며 미소만 지어보였다.

'헤어진 지 얼마나 지났다고?'

여자의 솔직한 마음이었다.
조선시대도 아니고, 더구나 결혼을 했다가 헤어진 것도 아닌데 연애하다가 헤어졌다고 해서 바로 다음 날 다른 남자 만나지 말라는 법은 없었다.

하지만 여자의 마음이 정리가 된 상태가 아니었기에 새로운 남자를 만나보라는 제안이 여자에게 달가울 수만은 없었다.
그 남자의 목소리가 여지의 귓가에 남아 있었고, 그 남자의 모시가 여자의 눈에 맺힌 상태에서 그 흔적이 사라지지도 않았는데 다른 사람을 만나볼 엄두가 나지 않았다.

여자는 알고 있었다.
이렇게 또 몇 달이 흐를 것이라는 걸.

커피점을 나와서 회사 앞에 도착했을 때다. 여자는 사무실로 올라가다 말고 회사 앞에 걸음을 멈춰버렸다.
회사 건물 앞에 서서 엘리베이터 앞에 줄을 선 채 기다리는 다른 직원들을 보고 줄이 엄청 길다는 생각 때문만은 아니었다.
회사 바로 앞 조형물 앞에 선 채 뒷모습을 보이는 남자 때문이었다.

짧지만 잘 빗어 넘긴 헤어스타일, 그레이 톤의 말끔한 수트 정장 차림, 구두는 모 백화점에서 구입한 유명 브랜드, 와이셔츠는 소매 밖으로 3인치 정도 길게 나와서 전체적으로 말끔한 수트 차림의 남자였다. 여자는 숨이 멎을 듯했다.

'저 남자?'
혹시 그가 왔을까? 그 남자였을까?

여자는 걸음을 옮기지 못하고 회사 건물 앞에 어슬렁거리는 뒷모습의 남자를 바라본 채 그 자리에 얼어붙은 듯 섰다.

하지만 그 순간은 오래지 않아 바뀌었다.
뒷모습의 남자가 서서히 앞으로 돌아서는 자세를 만들면서 자연스럽게 여자가 등을 돌리는 모습으로 바뀌었다. 여자의 뒷모습을 남자가 바라보고 있는 상황이 되었다.
그리고 남자는 여자 쪽으로 걸어오는 듯했다. 여자의 귀에 남자의 발자국 소리가 점점 더 가깝게 들렸다.

'아, 안 돼.'

여자의 바람과는 상관없이 남자는 더욱 여자 쪽으로 다가오는 게 분명했다. 여자는 어느새 남자의 발자국 수를 세고 말았다.

10 발자국, 9발자국, 8발자국, 7발자국, 3발자국.

여자는 남자의 발자국 소리가 점점 더 가까워 오는 사이 이 상황을 피할 수 있는 방법을 찾으며 재빠르게 묘안을 궁리했다.

아무렇지도 않게 웃으면서 어쩐 일로 여기까지 왔냐고 물을까? 아니면, 깜짝 놀란 것처럼 어떻게 왔냐고 물을까?

아냐, 그런 방법은 너무 나 답지 않아.

차라리 소리를 꽥 질러주고 욕이라도 한 번 해줄까? 그 나이만 어린 여자랑 만나서 잘 살지 왜 나를 다시 찾아왔냐고 막 소리 지를까? 그 여자 얼굴이라도 봤어야 했는데, 내가 건물 옆으로 숨는 바람에 얼굴을 정확하게 못 본거 너무 안타깝네. 나보다 못 생겨가지고.

그건 그렇고, 아냐, 아냐. 뭐라고 하지? 나 여기 이 회사 이제 안 다니니까 다시 찾아오지 말라고 해?

아냐. 이 남자가 여기까지 왔다는 건 분명 회사로 미리 전화 해보고 온 걸 텐데 점심식사 시간이라서 나갔다고 했을 거야. 그래서 저 남자가 여기서 기다리고 있다가 내가 온 걸 딱 느끼고 이렇게 오는 걸 거야. 맞아.

그럼 나 어떻게 하지?
헤어지자고 한 건 나인데, 그렇다고 여기서 만나서 안 헤어진 것처럼 웃어줄 수도 없는데 나 어떻게 하지? 저 남자는 왜 여기까지 찾아와서 날 이렇게 힘들게 하지? 저 남자랑 나랑은 인연이 아니었던 게 분명해. 맞아. 진짜 잘 헤어졌어. 그래. 잘 한 거야. 근데 그건 그렇고, 나 어떻게 해?

그때였다.

여자 곁으로 남자가 슥 스쳐 지나갔다. 여자는 남자의 인기척이 들리는 순간 어깨를 움츠렸지만 그게 전부였다. 남자는 여자 곁으로 지나가버렸다. 그리고 여자는 다시 남자의 뒷모습을 볼 수 있었다. 그 모습은 여전히 여자가 알던 그 남자라고 볼 수밖에 없었다.

'그럼 왜? 혹시 나를 몰라본 건가? 그런 거니, 너?'

여자는 살짝 짜증이 났다.

헤어지자고는 했지만 그나마 며칠 지났다고 나를 몰라본 거야? 그럼, 여기까지 뭐 하러 왔대? 벌써 그 나이만 어린 여자한테 쏙 빠진 거야? 그 며칠 사이에? 세상에.

입술을 실룩거리던 여자가 눈앞에서 뒷모습을 보이며 걸어가는 남자를 향해 소리를 지를 참이었다. 여자가 막 남자를 부르려던 순간, 그 남자 앞에서 달려오는 여자가 보였다. 해맑게 웃으며 달려오는 여자는 심지어 예쁘기까지 했다.

'그 나이만 어린 여자는 어쩌고? 또 그새 새 여자랑? 저 놈 저거 완전 바람둥이 아냐?'

근데, 이게 웬 일?
남자의 앞에서 환하게 웃으며 달라오던 그 여자는 남자를 부르며 품에 안겼는데, 여자가 듣던 그 이름이 아니었다.

여자는 자기 귀를 의심했지만 그 여자가 부른 남자 이름은 정확했다. 아마도 그때였을 것으로 기억한다. 여자가 남자 얼굴을 보게 된 순간이었다. 여자가 자기 남자를 자꾸 쳐다보는 걸 이상하게

여겼던 모양이었다.
여자는 남자 뒤로 자기 남자를 응시하던 입술을 실룩거리는 여자를 발견했고, 남자에게 그 이야기를 해줬으며 여자의 남자는 고개를 돌려 지금까지 자기 뒷모습을 보고 입술을 실룩거리던 여자를 쳐다보게 되었다.

완.벽.하.게.
다.른.사.람.

여자는 고개를 푹 숙이고 말았다.
아, 또 낭패. 점심식사 후에 바로 회사로 복귀하지 않은 게 잘못이었다. 썸녀의 꾐에 빠져 커피 한 잔을 얻어먹고자 했던 게 예기치 않았던 상황을 만들다니, 여자의 이성을 회복시켜줄 기미가 보이지 않았다.

고개를 숙인 채 얼마나 지났을까?
어느새 오후 업무시간으로 접어든 뒤였다. 회사 앞에는 사람들이 안 보였고, 주차장과 정문을 관리하는 경비아저씨들이 여자를 힐끔거리며 바라보고 있는 게 보였다.
'저 여자는 왜 회사에 들어가지 않고, 고개를 숙인

채 저기서 저러고 있어?'

여자를 바라보는 아저씨들은 아무 말도 하지 않았지만 여자 귀에는 바로 뒤 차량 경적 소리보다도 더 크게 들렸다.

'저 여자는?'

'저 여자는'이란 단어가 여자 귀에 맴돌았다.

'그래요, 저 여자는 나에요! 남자랑 헤어지고 소개팅 제안 받은 나에요. 그 남자 전화기 찾아가라고 나한테 전화 왔기에 그 남자보다 먼저 전화기 찾으러 가서 나한테 전화 걸었던 흔적, 내가 받았던 흔적 다 지우고 몰래 빠져나온 나에요. 그래서, 뭐 어쩌라고요?'

여자는 서둘러 사무실로 올라가는 엘리베이터에 탔다. 썸녀와 썸남은 그러고 보니 보이지 않았다. 소개팅 이야기하며 커피점에서 나올 때도 분명 여자의 양 곁에서 팔짱을 끼고 걷던 모습을 기억했다.
썸녀는 여자의 바로 곁에서 같은 회사 여직원들이

란 걸 티내고 싶었던지 여자와 팔짱을 끼고 걸었고, 썸남은 그날따라 두 여자를 데리고 점심식사를 한 능력남이란 걸 과시하는 것처럼 얼굴엔 연신 웃음을 머금은 채 썸녀 쪽 바로 옆에서 걸었던 걸 기억했다.

'이것들이 날 혼자 두고, 먼저 올라와? 아오. 가만 안 두겠으.'

사무실에 도착하자마자 여자는 썸녀를 찾았다. 그리고 썸녀에게 한마디 하려는데 썸녀가 쪽지 한 장을 내밀었다.

저녁 7시, 서울 스카이뷰 라운지 7번 자리.

'이게 뭐야?'

썸녀는 여자에게 쪽지를 건네며 윙크를 지어보였다. 여자끼리 하는 윙크는 달가워하지 않던 여자였다.
갑자기 이게 무슨 쪽지?
궁금하던 여자는 이내 알아차렸다. 썸녀랑 썸남이

점심식사 마치고 커피점에서 여자에게 말하던 그 소개팅 건이었다.
커피점에서 나오자마자 썸녀와 썸남은 사무실로 올라와서 여자에게 소개해 줄 그 소개팅남이랑 연락을 한 모양이었다.
여자의 의견은 정확하게 물어보지도 않고 일을 벌이다니.

여자가 미소만 지었던 이유는 '소개팅 안 한다는 표시'였는데, 썸녀와 썸남은 서로 마주보고 씨익 웃으며 '소개팅 성사'로 이해했던 모양이었다.

"안녕하세요."

스카이뷰 라운지 7번.

그 남자와는 연애 당시 한 번도 와 본 적 없는 장소였다. 데이트하는 커플이라면 크리스마스 이브, 밸런타인데이, 화이트데이 같이 연애를 위한 특별한 날에 꼭 와보고 싶어 하는 곳이었지만 말이다.
썸녀와 썸남의 쪽지에 그 여자가 무너지게 된 이유다.
사실 뭐 언제까지 그 남자 생각만 하며 슬픔의 변

주곡을 울리고 있을 수도 없었고, 봄날의 왈츠는 언제 울릴 것인지 새 봄이 올 때까지 무작정 기다리고 있을 것만은 아니었던 게 사실이다.
여자에게도 뭔가 전환전이 필요했는데 여자 스스로 그걸 찾기엔 여자의 자존심이 허락하지 않았을 뿐, 썸녀와 썸남이 여자를 위한 소개팅(혹은, 그 둘만의 비상구 계단 데이트를 무덤에 갈 때까지 비밀로 지켜달라는 무언의 압박)을 만들면서 여자에게 자기 합리화를 할 시간을 준 셈이었다.

"스카이뷰 7번 자리에 가서 소개팅남자 스타일을 딱 보시고 맘에 안 들면 그냥 돌아가셔도 되요. 이런 게 바로 블라인드 데이트라고 하는 거예요!"

썸녀와 썸남이 내건 제안 역시 여자의 자존심을 한껏 치켜 올려줬다. 남자와 여자가 소개팅을 하긴 하지만 남자 선택권은 여자가 쥔다는 상큼한 방식이 마음에 들었다.
남자의 얼굴은 여자에게 공개되지만 여자의 얼굴은 여자가 원하지 않는 한 공개되지 않는 방식, 여자는 내심 썸녀와 썸남의 연애 스타일이 궁금해지기도 했다.
혹시 그들도 블라인드 데이트하면서 만난 게 아닌

가 말이다.

"예쁘세요."

블라인드 장막은 일찌감치 걷어버리기로 했다.
여자는 소개팅남의 얼굴은 보지 않았지만 일단 뒷모습이 그 남자와 다르다는 이유 하나로 마음 편하게 소개팅을 가져보기로 했다.
그날 있었던 뒷모습 도플갱어와의 만남에서 처절하게 짓밟힌 여자의 자존심 회복 시간이 필요했던 것일까?
여자의 엉덩이는 여자에게 자꾸 '자리에 앉아! 얌전한 척하고 수줍은 척 해. 여자인 척 하라고!'라고 속삭이기만 했다.

'여자인 척하라니? 난 여자라고! 이 망할 놈의 엉덩이가?'

여자가 자기 엉덩이랑 대화를 나누는 사이, 소개팅남자가 여자를 보고 꺼낸 첫 마디의 말이었다.

예쁘다.
이 말은 모든 여자들이 싫어하는 말은 아니다. 예

쁘고 싶은 여자에게 예쁘다고 말해주는데 일단 칭찬드립은 성공이다. 여자는 소개팅 남자 앞에 앉아 천천히 고개를 들었다.

마음의 준비 단계.
너무 빨리 얼굴만 보면 실망하거나 혹은 얼굴만 바라보게 되거나 둘 중에 하나였기에 여자는 그 남자의 목소리, 그 남자의 옷차림, 그 남자의 행동자세 등등을 먼저 보기로 했다.
사실 뭐 딱히 그래야겠다는 이유는 없었다. 여자는 단지 그 남자와 다른 점을 오늘 소개팅 남자에게서 찾고 싶었다.

'제발, 하나라도 나은 구석을 발견하게 해주소서.'

그 남자를 나중에 보게 되더라도 여자가 해줄 말이 있기를 바라는 마음에서였다.
보란 듯이 그 남자 앞에서, 그 남자를 우연히 만나기라도 하는 그 순간에 여자가 해주고 싶은 말은 딱 하나였다.

"너보다 낫지? 이런 남자가 나만 좋다고 하는데, 넌 왜 나를 놓쳤니?"

<u>흐흐흐.</u>

여자의 얼굴에 섬뜩한 미소가 흐르며 고개를 숙이고 혼자 키득거리기도 했다. 터져 나오는 웃음을 멈출 수가 없었다.
그 남자가 여자를 만나게 될 어느 날일지 몰라도 여자 옆에 서 있는 어떤 남자, 그 남자보다 단 한 가지라도 더 나은 점이 있는 어떤 남자를 보며 기죽어하는 모습이 떠올랐던 순간이었다.
여자는 그렇게 야심찬 기대를 갖고 소개팅 자리에 나왔다.

여자가 고개를 천천히 들며 남자의 발끝부터 무릎, 허리, 배, 가슴, 목, 얼굴을 쳐다볼 때였다. 여자를 향해 미소 띤 얼굴을 짓고 있는 그 소개팅남자의 시선과 마주치는 순간 여자는 속으로 쾌재를 불렀다.

'오마이갓!'

2:8.
남자의 옷차림과 구두, 적당히 운동으로 단련되어

보이는 체격, 남자답게 벌어진 어깨, 180cm에 달하는 키 (앉은키가 살짝 더 커 보이는 이유는 빼고) 모든 게 마음에 들었다.
여자가 오늘 소개팅 나오기 전에 퇴근 후 헤어샵에 들른 이유, 헤어샵에서 여성지를 들춰보다가 '좋은 남자 고르는 법'이란 기사를 유심히 봤고 내용을 외우던 이유 모든 게 딱 들어맞았다.

남자의 구두는 깨끗하게 닦은 상태여야 한다고 했다. 그래야 그 남자가 하는 일을 알 수 있다고 했다. 구두가 지저분한 사람은 만나는 상대방에 대해 큰 배려를 하지 않는 사람이라고 했다.
그 여성지가 분명 그랬다. 남자의 머리카락은 윤기가 흘러야 한다고 했다. 그래야 하늘이 선택한 사람이라는 표시라고 했다. 남자의 얼굴은 환하게 빛나야 한다고도 했다. 그래야, 운이 트인 사람이란 말을 했다. 그 여성지가 분명 그랬다.

여자의 시선이 남자의 발끝에서 얼굴 쪽으로 올라갈수록 여자의 흥분게이지가 급상승하며 만렙을 찍는 순간이었지만 남자의 얼굴과 여자의 시선이 마주친 순간 여자는 목에서 '헉' 소리가 나오려는 걸 가까스로 참아냈다. 이번 퀘스트를 이겨낼 아이템은 뭐가 있을까? 가장 강력한 끝판왕 이대팔 (2:8)이 나타나셨다!

'아버지....'

여자는 자그마한 소리로 중얼거렸다.
소개팅남자의 평균정도 생긴 얼굴도 여자가 큰 기대를 안 했기에 상관없었다.
하지만 헤어스타일이 2:8 정확하게 가른 상태였다. 두개골과 두피가 맞닿아 보일 정도, 하루 이틀 만들어낸 가리마가 아니었다.
매일 아침 거울 앞에 서서 빗질로 정성스럽게 눌러 만든 가리마, 남자의 이마가 가리마랑 이어져서 남자의 모발 사이를 마치 바닷물이 갈라지는 모세의 기적처럼 남자의 두피를 드러내고 있었다.

'남자의 얼굴이 환하게 빛나는 게 아니라, 남자의 가리마가 여자를 화나게 하는데? 응?'

여자는 소개팅 남자를 만난 지 채 30분이 흐르기도 전에 귀가할 채비를 생각하고 있었다. 시야도 침침해지는 기분이었다.
어떻게 하면 집에 돌아갈 수 있는지, 소개팅 남자

에게 무릎 꿇고 사정이라도 하고 싶은 기분이었다.

썸녀가 여자에게 말했다.
퇴근을 하려고 자리에서 일어나 화장실로 가서 메이크업을 고치려던 여자에게 따라온 썸녀의 말이 기억났다.

"언니, 소개팅남자 내가 알아봤는데 모든 게 '자로 잰 것 같은 정확한 남자'래요. 인터넷에서도 SNS 다 싹 봤어요. 진짜 요즘 보기 드물게 깨끗한 남자래요. 자기가 좋아할 여자 만나면 그 여자에게도 엄청 잘해줄 거래요. 부러워요. 언니. 오늘 잘해봐요."

여자는 썸녀의 이야기가 또렷이 기억났다.
지금 여자 앞에서 한없이 너그러운 미소를 짓고 있는 소개팅남자, 그 남자는 진짜 자로 잰 듯 정확한 남자인 게 분명했다.
가로세로 너비를 맞춘 2:8 가리마가 모든 걸 증명하고 있었다.

"식사 주문할 게요."

여기까진 좋았다. 여자의 생각이었다.

그런데.
소개팅남자는 그대로 진도를 더 나갔다.

여자 앞에 수저와 젓가락, 나이프와 포크를 놔주면서 놓는 위치와 그 용도를 하나하나 설명해줬다.
양 옆에 제일 바깥 쪽 나이프와 포크는 샐러드 같은 전채 요리가 나왔을 때 사용하고, 그 다음 수저는 수프용, 그 안쪽에 나이프와 포크는 메인 요리를 자르거나 식사할 때 사용한다는 얘기였다.
여자는 입가에 다정한 미소를 지으며 '아, 그래요? 고마워요. 배려가 깊으시네요'라고 말해주면서도 속으론 '나도 알아'라고 말하는 중이었다.

간단한 와인이 곁들여졌는데 소개팅남자는 여자에게 와인을 따라주며 여자는 술병 잡는 거 아니라고 자기 잔엔 자기가 따르겠다고 했다.

거기서 한발 더.
여자가 식사하다가 나이프와 포크를 접시 위에 올려두자 소개팅남자는 나이프와 포크를 다시 집어서 X자 모양으로 겹치게 해두었다. 그래야만, '아직 식사 중'이라는 표시라고 했다.

그게 마무리가 아니었다.
소개팅남자는 식사를 하던 중에도 물컵 위치, 와인 잔 위치, 나이프와 포크 위치, 심지어 커피잔 위치, 메인 요리 접시 위치를 테이블 위에 가지런히 놓기에 바빴다. 한 치의 오차나 흐트러짐도 있으면 안 되는 사람, 자로 잰 듯 정확한 남자였다.

식사를 마치고 거리를 걸을 때도 소개팅남자의 배려가 이어졌다. 여자는 도로 쪽으로 걸으면 안 된다며 자기가 도로 쪽에 걷는 것은 기본, 남자는 여자의 반보 뒤에서 걸어가야 여자가 심리적으로 좋다며 소개팅남자는 여자의 반보 뒤에서 속도를 맞춰 걸었다.

여자는 근데 무엇보다도 그 2:8 헤어스타일만이라도 좀 어떻게 해보지 않겠냐고 묻고 싶었는데 차마 말을 해주지 못하고 있을 즈음, 소개팅남자가 갑자기 빗을 꺼내더니 여자 쪽으로 다가왔다. 반보 뒤에서 걷던 소개팅남자가 여자 앞을 가로 막았다.

"애.. 왜 그러세요? 아, 제가 너무 걸음이 빨랐나요? 반보에 맞춰야하는데."
"아니요. 잠깐만요."

소개팅남자는 여자 앞에 서서 자기 얼굴을 봐달라고 했다. 그러면서, 빗을 들고 가르마 타기 시작했다. 정확하게 2:8 가리마 가운데에 빗을 갖다 대더니 오른쪽으로 3번, 왼쪽으로 3번 빗었다.
그리고 여자에게 눈빛으로 신호를 보냈다.
어떤지 봐달라는 의미였다. 여자는 고개를 끄덕이기만 했다. 지나가는 사람들이 이상하게 쳐다볼 것만 같아서 빨리 헤어지고 싶은 마음뿐이었다.

그 여자의 하루가 또 그렇게 지나가고 있었다.
여자에게 그 남자가 내게 해주던 '배려'를 보내야 할 시간이 왔다. 다른 남자랑 소개팅 하는데도 먼저 사귀던 남자 기억이 머릿속을 떠나지 않는다고 고백하는 여자가 되었다.
나중에 어떤 남자를 만나더라도 새로 만난 남자에게 마음을 열기 힘들고 오히려 먼저 사귀던 남자가 자꾸 기억에 떠오른다며 고민하는 여자다.

그 남자라면 이렇게 해줬다는 게 자꾸 떠오른다는

게 가장 큰 문제였다.
소개팅 자리나 모임에서 우연히 만난 다른 남자를 만나면서 자꾸 기억에 떠오르는 상황이 있고, 어떤 장소를 가거나 가령, 식사를 하거나, 놀이공원을 가더라도 먼저 사귀던 남자가 해주던 모습들이 잊히지 않는다는 게 문제라고 했다.

'그 남자는 이렇게 해줬는데.'

길을 걷던 중, 여자의 하이힐에 먼지가 묻자 먼저 사귀던 남자는 자기가 허리를 굽혀 여자의 하이힐에 묻은 먼지를 떼어줬다.
그런데, 다른 남자는 여자의 하이힐에 먼지가 묻었다고 얘기만 해주고 여자가 떼도록 지켜보기만 하거나, 심지어 여자 하이힐에 먼지가 묻은 지도 몰라준다는 비교 아닌 비교를 하게 된다.

여자가 만난 다른 남자는 여자의 속도 모르고 여자에게 '예쁘다'라거나 '나랑 스타일이 똑 같아요'라며 입에 침만 안 발랐지 누가 보더라도 영혼 없이 하는 입에 발린 말인 걸 다 보여준다는 얘기도 했다.

연애 기간이 오래된 여자일수록 사귀던 남자랑 헤어지는데도 익숙하다더니.

연애 기간이 1~2년 정도에 헤어질 경우 그 남자에 대한 잔상이 더 오래 남아서 다른 남자를 만나더라도 '전 남자는 이렇게, 저렇게 했는데'라고 비교하게 된다는 여자가 많다.
반면에 연애 기간이 5년 이상, 10년에 달하는 커플일 경우, 여자는 상대 남자에 대해 무덤덤하게 되어 오히려 헤어지고 다른 남자를 만나게 되면 모든 게 새롭게 느껴진다고도 했다.
예전 남자가 이렇게 해주고 저렇게 해주던 게 아니라 다른 남자는 '이렇게 해주네? 저렇게 해주네?'라며 고맙게 여기게 된다고 했다.

무슨 차이일까?

"사귀는 기간이 문제가 아니에요. 남자랑 여자랑 연애하는 건 세상 사람들 누구나 다 하잖아요? 그런데, 어떤 남자는 잊지 못하고 다른 남자는 쉽게 잊고 하는 건 아니죠. 그건 여자의 그 때 그 때 기분에 따라서 달라지는 거 같아요. 여자가 원하는 걸 알아서 착착 해주는 남자에겐 여자가 편안

함을 느끼고 이 남자가 나를 많이 생각해주는구나 배려해주는 걸 알게 되고 고마워하죠. 반면에 여자가 뭘 원하는지 알아도 안 해주는 남자들이 있어요. 그런 건 네가 좀 해. 남자인 나를 귀찮게 하지 말고 네가 알아서 하면 안 돼? 이런 거죠. 남자들 그거 알아야 해요. 여자들도 남자가 하는 일쯤은 다 할 수 있어요. 그런데, 안 하는 이유는 여자라서 그런 거예요. 여자니까 여자로서 대우를 받고 싶다는 거, 다른 이야기로 사랑을 확인받고 싶다는 건데 그걸 안 해주는 남자는 슬슬 여자랑 헤어질 준비를 해야 하는 거예요."

사귀던 그 사람과 헤어졌는가?
그 사람이 진짜 아닌지, 당신에게 스쳐가는 사람이었는지 확인하는 방법은 간단하다. 다른 사람을 만나서 시간을 가져보면 된다.
같이 식당에 가보고, 같이 영화를 보러가 보고, 커피점에서 대화를 나눠 봐도 좋다. 그렇게 시간을 보내면서도 전에 사귀던 상대에 대한 기억이 머릿속을 떠나지 않는다면 당신은 그 사람에게 길들여진 상태다.

"왜 날 길들였어?"

'나 어떻게 해? 나 이제 늙어가나 봐.'

울고불고 따질 수도 없다.
그 사람과 같이 지낸 시간을 되돌릴 수 없기에 이미 당신의 마음과 몸 상태가 그 사람과의 생활에 적응을 해버린 탓이다.

이럴 땐 마음을 접고 다시 그 사람에게 돌아가거나 혹은 굳은 결심을 하고 새로운 환경에 적응을 하는 방법 두 가지 뿐이다. 새로운 환경에 적응을 하는 방법은 가장 좋은 게 '자기 암시'다.

**너 만난 후로 아무 일도 못 하겠어
너를 사랑하는 것 빼고는**

SCENE
사랑받던 사람은 언제든 떠날 수 있어
사랑하던 사람은 영원히 보낼 순 없어

'넌 떠날 수 있어서 좋겠다.'

여자는 잠자리에 들기 전에 문득 그런 생각이 들었다. 여자가 남자에게 먼저 헤어지자고 얘기했지만 그건 '여자가 떠나겠다'는 말이 아니었다는 걸 깨달은 순간이었다. 여자가 남자에게 헤어지자고 얘기했던 건 다른 말로 '남자에게 떠나라'고 말한 것과 같았다.

여자가 생각했다.

'나한테 다가온 건 그 남자였어. 여긴 내 자리였다고. 난 원래 이 자리에 있었는데 그 남자가 다가온 거였어. 그런데, 내가 그 남자에게 헤어지자고 했으니, 나를 떠나라고 한 거네? 참나. 에휴. 이렇게 힘들 줄 알았으면.'

누가 더 사랑했을까?
여자는 오늘도 자신의 연애를 비교하기 시작했다.

오늘 밤에도 잠이 쉽게 올 것 같진 않았다.
여자의 비교는 항상 연애 초반으로, 첫 만남으로 거슬러 올라갔다.
그 남자와 여자는 어떻게 만났을까? 그리고, 누가 더 사랑하고 누가 더 많이 배려했을까? 여자는 침대에 누운 상태로 천장을 바라보며 왼쪽 아래 지점부터 시간대별로 연애 기억을 그리기 시작했다.

여자가 어제까지 그렸던 마음 속 미움은 어느새 사라진지 오래였다. 여자가 바라보는 천장 속 도화지에는 그 남자가 여자에게 해줬던 아름다운 사랑표현으로 채워졌다.

그 남자의 애정 표시는 이랬다.

그 남자와의 첫 만남은 회사 업무차 프로젝트 개발 건 상담자리였다. 여자는 그 남자가 웹디자이너란 사실을 알았고, 여자는 프로그래머였기에 둘이 같이해야 할 프로젝트가 많았다.

여자가 프로그램을 짜면 남자가 그림을 입히는 방식이었다. 남자는 웹사이트에 표시할 이미지 파일을 만들거나 웹사이트랑 프로그램의 각 화면 디자인을 맡았다.

여자는 여기에 프로그램을 짜서 온라인 공간에서 제대로 작동하게 만드는 일을 맡았다. 여자가 설계를 하고 남자가 그 위에 그림을 그리는 형태였다.

여자가 건물 뼈대를 세우면 남자가 미장 공사를 하는 방식과도 같다.

프로젝트가 마무리 되고 그 남자와 여자는 다른 날을 기약하며 다른 팀원들과 함께 회식 자리에서 만났다.

맥주가 오가고 소주랑 맥주를 섞은 폭탄주가 테이블에 나타나기 시작했다. 자연스럽게 이어진 게임에서 벌칙을 당하게 된 여자를 위해 남자가 흑기사를 자처하며 술을 대신(아니 잠깐, 여자는 이 부분을 지우고 다시 그렸다.) 술 게임에서 남자가 벌칙을 당하게 되자 여자가 흑장미를 자처하고 나섰다. 그리고 소원을 말하라는 일행들의 빗발치는 요구에 여자가 그 남자에게 말했다.

"너 나 어떻게 생각하느냐?"

일행들에게서 환호성이 터졌다.

'느냐?'

여자가 남자에게 사귀자고 말하는 순간을 기대했다. 그토록 보기 힘들다는 프러포즈의 현장, 여자가 남자에게 고백하는 순간을 직감적으로 느낀 그들이었다.
그 순간 그 남자가 당황한 얼굴을 짓더니 이내 진지한 얼굴로 여자에게 말했다.

"나 너 좋아해. 우리..."
"스톱!"

여자가 남자의 말을 끊었다.
여자가 그 남자를 보고 살짝 미소를 지었다. 그리고, 여자는 자기 앞에 놓인 술잔을 남자 앞으로 옮겨 놨다.

"나 소원 있다. 그건... 네가 이 술을 다, 여기 테이블 위에 소주 5병, 맥주 10,000cc 이거 다 네가 마시는 거야. 너도 한 번 힘들어 봐야 해. 나 그동안 아주 너 때문에 힘들었거든. 프로그램을 짜주면 짜주는 대로 해야지, 왜 고쳐 고치긴? 이미지 사이즈도 안 맞아서 사이즈 다시 다 맞춰야 하고, 이미지파일명은 영어 소문자로! 너 그거 기억 하나 못하냐? 나 진짜 취해서 이러는 거 아니거든? JPG라고 하라고 했으면 JPG라고 크게 또박또박 써야지, 근데 왜 jpg라고 쪼그맣게 쓰냐고? 그러니까 어류가, 아니 오류가 자꾸 나지. 너 생선이냐? 붕어냐? 그러고 보니까 너 고등어 닮았다."

일행들은 다시 숙연해진 분위기였다.

여자가 프러포즈 상황은 아닌 게 분명했다.
여자는 소원을 말하고 난 뒤엔 그 남자를 지그시 쳐다보기만 했다.
남자를 바라보는 여자의 얼굴에서 눈 아래로 방금 마신 흑장미용 벌주였던 맥주 거품이 묻은 여자의 입술 주변에 살벌한 미소가 번졌다.

"마셔봐~ 붕어야~ 잉어인가? 야, 어류! 마셔라, 마셔라!"

그 남자는 여자의 얼굴을 지그시 응시하다가 테이블 위에 술을 마셨다.
소주 한 병 그리고 또 한 병, 그리고, 다시 한 병, 이번엔 맥주였다. 500cc씩 따라둔 잔에 있는 술을 남자가 마셔대기 시작했다.
그 순간에도 여자는 그 남자에게 다음 잔, 또 다음 잔을 갖다 주며 기분 나쁜 웃음소리를 내는 중이었다.

"우리 어류, 잘 마시네? 그래, 내가 너 인심 썼다. 붕어, 잉어 하지 말고, 고등어 하자. 너 고등어다. 넌 고등어, 난 통조림."

여자와 그 남자의 첫 만남은 그렇게 끝났다. 남자는 다음 날 출근하지 못 했고, 여자는 다음 날 화장실에서 업무 시간 대부분을 보내야만 했다.
여자는 속이 쓰려서 책상 앞에 앉아있지 못 했고, 남자는 과음에 곯아떨어져서 다음 날 제 시각에 출근도 못하고 저녁까지 푹 잠을 잤다. 게다가 마침 회식 다음 날엔 아침부터 비가 내리기 시작해서 저녁까지 내렸는데, 다음 날 저녁 7시쯤 일어난 남자가 밖을 내다보니 비도 오고 날씨가 그래서 아침 7시인 줄 알고 회사로 출근한 일이 벌어졌다는 게 화근이었다.
나중에 그 남자가 여자에게 말해주던 당시 상황에서 남자가 출근할 때 딱 한 가지 이상했던 건 평소와 다르게 지하철 반대 방향에 사람들이 많았다고 했다.

'왜 오늘은 사람들이 저쪽에 많지?'

아침 출근길에 항상 몰리던 사람들이 그날따라 반대편 지하철 차량에 가득 찬 모습이었고, 덕분에 남자는 회사에 편안히 출근해서 들어갔는데 사무실에 들어서자마자 직원들이 자리에 없고 일부는 퇴근하려고 자리에서 일어서려는 걸 보고나서야 아침 7시가 아니라 저녁 7시에 일어났던 걸 깨달았다고 했다.

고등어 통조림.

그 남자와 여자의 첫 만남은 그렇게 시작됐다.
한 명은 고등어로, 다른 한 명은 통조림으로 만났다. 하지만 그건 남자와 여자의 별명일 뿐이었다. 실제로 그 두 사람은 고등어 통조림은 고사하고 통조림 음식을 먹지도 못했다.

숙취에 시달리던 다음 날, 다시 만난 그 남자와 여자가 서로 미안하다며 사과하던 중에 고백하며 아무도 모르게 사귀기로 한 날, 여자에게 그 남자가 준 첫 번째 선물은 커플링이었다.

남자가 자신의 어머니에게 졸업선물로 받았다는 금반지를 들고 그 날 당장 커플반지 두 개로 만들어서 하나씩 꼈다.
그러자, 이번엔 여자가 스마트폰을 두 개 사서 남자랑 하나씩 가졌다. 비록 약정기간 2년의 커플요금제였지만 여자와 남자 모두 컴퓨터 분야에서 일하는 전문가답게 IT 연애를 시작했다고 생각했다.

여자의 애정 표시는 이랬다.
남자의 사랑 표현에 반응해주기. 여자는 사실 애정 표현이나 애교 이런 것과는 거리가 멀었다. 남자가 출근해서 메신저 창에 로그인 표시가 나타나면 아침 인사를 건네는 게 전부였고, 점심식사 시간엔 밥 그림을 보내며 '식사 하라'는 말 해주기, 일 하다가 지치거나 휴식이 필요할 때는 비상계단 통로에 와서 스마트폰에 메시지로 창밖 풍경 찍어서 보내주기 정도였다.

남자의 애정 표시는 그나마 여자보다는 나은 편이었다.

여자의 생일에 장미꽃다발, 밸런타인데이에 초콜릿바구니, 여자의 월차 휴가엔 집에서 사용하라고 라벤다 향의 초를 보내줬다.
봄이 되면 여자에게 같이 주말에 소풍가자고 하며 자전거를 빌려와서 한강변을 달리기도 하고, 여름엔 가장 인기 있는 놀이공원에 가서 자유이용권을 끊고 하루 종일 수영하고 태닝하고 지내기도 했다. 가을엔 자동차를 타고 드라이브를 다녔으며, 겨울엔 스키장에 들러 스노보드를 배우기도 했다.

여자는 갑자기 그리던 그림을 멈췄다.
침대에 누운 상태였는데 갑자기 그 남자에 대한 미안한 감정이 북받쳐 올랐다. 집에 오던 길 가까스로 멈췄던 눈물이 기억났다.

'나란 여자, 많이 받기만 했네.'

그 남자가 나를 사랑한다는 이유 하나만으로, 내가 그 남자를 받아줬다는 거 하나로 너무 많이 받은 거 아닌가.

갑자기 미안해지네. 고등어한테.

여자는 흐르는 눈물을 멈출 수가 없었다. 여자가 운다. 예쁜 여자는 그 날 이후부터 지금까지도 그냥 여자였다.
여자가 천장에 그리던 남자가 여자에게 줬던 물건들이 갑자기 비가 되어 여자의 눈에 내렸다.
여자는 어깨를 들썩이며 어떻게 하든 감정을 붙잡고 소리를 내지 않으려고 애썼다.

'고등어야, 미안해. 이제부턴 그 나이만 어린 여자라고 하지 않을 게. 그 여자랑 잘 지내. 그동안 고마웠어. 그리고 네가 나한테 준 물건들은... 잘 쓸게. 돌려주긴 좀 그래. 내가 쓰던 초, 그 향기가 익숙해져서, 그리고 커플반지 순금이라더라. 나에 대한 사랑으로 이 정도는 가져도 되겠지? 널 기억할게. 이거 보면서.'

여자는 그 남자를 사랑했지만 아직 떠나보낼 수가 없는 게 아니라, 사랑했으니까 보낼 수 있는, 아니, 안 보냈다고 여겼다.
여전히 여자의 가슴 속에 머무는 그 남자에게 여자는 남모르게 매일 하루에 한 번은 헤어지는 중이었다. 여자는 뭐든 단번에 결정하기 힘들었다. 워낙 신중한 성격이라서 올바른 결정을 내리기까지 생각하고 또 생각하고 그랬다.
여자가 TV를 보다가 여배우들이 노출씬에 대해 이야기하는 장면을 보고 든 생각이기도 했다.

'감독님과 많은 이야기를 했어요. 노출장면이 이 영화에서 중요하고 필수 장면이라고 여겼죠. 여배우이니까 이 작품이 소중하고 그래서 큰 결심하고 촬영을 했어요.'

언젠가 하루는 여자가 그 남자랑 식당에서 식사를 하며 시청하던 방송에 나온 여배우가 하는 말이었다.
그 남자가 그 여자에게 말했다.

남: 여배우들, 노출장면 찍는 거, 어떻게 생각해? 여배우라면 당연히 해야 하는 거 아냐?

여: 여배우라면 작품 속에서 필요할 경우 당연히 연기하는 거지.

남: 근데, 왜 TV에 나와서 저런 이야기를 하지? 많은 얘기를 했다고?

여: 자기는 여자를 몰라. 여자는 단순한 걸 제일 싫어해. 그리고 남들에게 쉬운 여자로 보이는 것도 싫어해. 쉬운 여자라는 게 뭐야?
누가 무슨 말만 하면 바로 OK한다는 거잖아?
그런 거 영 아니거든. 여잔 그거 싫어.
여자는 자존심이 본능이야. 남에게 절대 쉬운 여자로 보이고 싶어 하지 않는 마음.
결정을 내려도 어렵게 내리고, 이야기를 해도 많이 대화하고, 여자들 다니는 거 봐.
양손에 전화기, 핸드백, 커피잔, 외투는 물론이고, 반지에 팔찌, 머플러까지 다 들어.
그게 왠지 알아?
'나 이 정도 가졌다'거든. 있어 보이잖아.

남: 남자들은 가방 하나에 다 쓸어 넣어버리는데. 간편하잖아?

여: 그러니까, 남자들은 단순하다고 하지.

남: 어쨌든 그래서, 여배우들은 노출 씬에 대해서 '아, 저 여자는 노출씬 찍자고 하면 찍는 구나?'라고 생각하지 않게 하기 위해서, 응? 감독과 많은 이야기 나눴다고 하는 거?

여: 응. 어쨌든 쉬워보이진 않잖아?

밤 12시.

여자는 그 남자와 나눴던 이야기를 떠올리고, 그 남자랑 같이 갔던 식당, 그 남자랑 같이 봤던 영화를 떠올리며 남자에게서 받은 것, 그리고 여자가 남자를 위해 선물했던 것, 서로 주고받은 이야기들을 하나씩 꺼내며 기억 속에서 '삭제' 중이었다.
쉬운 일은 아니었다.

그리고 여자는 지금 이 순간에도 이번 이별은 절대 쉬운 이별이 아니라고 여겼다. 여자가 그 남자를 이렇게 많이 생각해주면서 소중했던 기억을 다시 생각해주는데 그 남자랑 지냈던 모든 시간도 소중했던 기억이라고 여겼다. 여자는 그 남자와의 이별에 쉬운 여자가 절대 아니었다. 그렇게 믿고 싶었다.

다음 날 아침,
여자는 퉁퉁 부은 얼굴로 화장대 앞에 앉았다.
시계 바늘은 여전히 밤 12시를 가리켰다.

여자는 오늘 아침 스마트폰에서 설정해둔 알람 소리를 듣고 일어났다. 밤 12시를 가리키는 벽시계는 여자가 고칠 수 없었다.
그 남자가 고쳐줬던 시계였다. 그리고 여자가고장 난 시계를 발견하게 된 건 몇 달 전쯤이었다. 하지만 고치기보다는 그냥 두고 보기로 했다.

그 남자와의 대화를 기억했기 때문이었다.

남: 여기에 시계를 달아줄게. 이거 보면서 항상 나를 기억할 걸?

여: 알았어. 근데 뭐 요즘엔 시계는 스마트폰에 보는데.

남: 그래도 앞으론 집에서 만큼은 이걸로 봐.
여기 12시로 해둘 게.

여: 왜?

남: 작은 바늘은 너고, 큰 바늘은 나야.
우리 둘이 딱 하나로 뭉쳐있으니까 좋지?

여: 변태.

남: 넌 어쩜 여자애가? 더 낭만적인 표현을 해.
이 시계 그래도 하루에 두 번은 정확하게 딱 맞아. 너랑 나랑 하루에 두 번은 이 시계 안에서 만큼은 만난다는 거야.
그래서 12시야. 우리는.

여: 우리는 고등어통조림이야.

남: 어류 말고, 야, 넌 프로그래머라는 여자가 좀 더 멋진 이야기를 짜 봐.
낭만적으로, 응?

맞다.

여자는 벽시계를 다시 쳐다봤다.
벽시계는 고장 난 게 아니었다.
건전지를 안 넣었다.
저 자리에 시계를 달 때부터.
그 남자가 벽에 시계를 걸면서 건전지는 일부러 안 넣었다고 했다.

'저걸 빨리 내버려야겠어.'

여자는 화장대 앞에서 일어나서 배드민턴채를 가져왔다. 아참, 배드민턴채가 아니다. 중국에서 만들었다는 모기채다.
여자는 이걸 배드민턴채라고 불렀다.
여자는 그 채를 들고 벽시계를 툭 쳤다. 벽시계가 벽에서 대롱대롱 흔들렸다. 여자가 다시 그 채로 쳤다. 그러자, 벽시계가 벽에 걸린 못에서 떨어져서 거실 바닥으로 떨어졌다.

딱.

바닥에 떨어진 벽시계는 두 바늘이 떼어졌다. 이 시계엔 겉면에 유리가 없었다. 맞다. 이 시계는 애초부터 장식품이었다.

유리도 없고, 건전지도 없고, 오로지 두 바늘이 일치된 상태, 12시를 가리키는 시계였다. 여자는 벽시계에서 떨어져 나온 시계바늘을 집어 쓰레기통에 버렸다.

여자가 그 남자를 사랑했다면, 그 남자가 떠난다고 해서 여자는 슬퍼하지 않아도 된다. 사랑하는 사람은 원래 보내주는 거다. 떠난다고 하면 보내주는 게 사랑하는 자의 임무다. 그 사람을 사랑하니까 내 곁에 두고, 내 곁에 있어야만 한다는 게 아니다. 사랑하니까 보내는 거고, 보내줘야만 한다.

"너란 남자가 나에게 사랑받았으니까 넌 언제든 떠나도 돼."

여자는 화장을 시작하지 못했다.
거울 속에 비쳐진 자기 모습이 자꾸 뿌옇게 보였다. 거울에 먼지가 낀 것은 아니었다.
화장대 앞에 앉은 거울 속 여자, 그 여자는 이렇게 예쁜데 지금은 혼자다. 그것도 말도 안 되는 이유로 혼자가 됐다.

거울 속 여자가 자꾸 손을 내밀어 여자에게 이야기를 걸기 시작한다. 뿌옇던 거울이 점점 맑아졌다. 여자가 눈물을 닦은 뒤였다. 여자는 다시 메이크업을 시작했다.

그냥 여자가 예쁜 여자가 되었다.

"너를 사랑하던 나는 떠나지 못해, 이 자리가 내 자리니까. 네가 먼저 다가온 거니까."
"너는 다시 네가 왔던 길로 갈 수 있지만 나는 여기가 내 자리라 갈 데도 없으니까."

'나 지금 너랑 헤어질 준비하려고 해. 그러니까, 넌 어떻게 생각하는지? 너도 준비 해. 물론, 다시 사랑을 이어나갈 가능성이 없는 건 아냐. 하지만, 지금까지 네 모습을 지켜보면서 난 우리가 참 안 맞는다는 생각을 하게 되었어. 앞으로 헤어질 준비를 해보면서 우리가 서로 맞춰갈 수 있는지 다시 생각해보자.'

한눈에 반했다고 한 번에 이별해야 하는 건 아니다. 헤어질 준비는 안 해두는 거 보다 해두는 게 낫다.

SCENE #
헤어진 게 아니라
더 많이 생각할 시간이 생긴 거야

"이번 주말에 뭐하실 거예요?"

썸녀가 또 성가시게 다가온다. 여자는 모니터에 집중하는 연기를 한다. 닫아뒀던 문서 창도 다시 열어뒀다. 여자의 21인치 모니터에 크고 작은 문서창 여러 개가 복잡하게 표시됐다.

여자는 지금도 2:8만 생각하면 한숨부터 나온다. 소개팅이란 소개팅의 막장을 봤다는 느낌이랄까. 그 남자가 떠나고 나서 굳이 다른 남자를 만날 필요는 없었는데 왜 그때 소개팅을 나갔던 건지, 여자는 '스카이뷰 라운지'에 혹했던 마음이 후회스럽기만 하다.
여자는 그때 깨달았다.
아무리 좋고 멋진 장소라고 해도 '누구와 함께' 하느냐가 제일 중요하다는 걸 말이다.

"이번 주말에 심심하시면 저희랑 같이 여행 가실래요?"
"안 가."
"그러지 마시고요. 지난 번 그 소개팅 남자도 온다는데?"
"야!"

여자는 모니터를 보던 얼굴을 들어 썸녀를 쳐다봤다. 입술을 입 안쪽으로 당겨 악 물었다. 하지만, 여긴 회사다. 여자는 사회생활의 이미지를 고려한다. 썸녀는 여자 얼굴을 빤히 쳐다보며 '당신도 그 남자 좋지 않냐? 둘이 잘 어울린다' 식으로 생각하는 듯 보였다.
여자는 흥분을 가라앉히며 컴퓨터 앞 의자에 천천히 앉았다.

"아니 그 고등어보다는 소개팅남자가."

"조용."
"네."

썸녀는 여자를 보다가 고개를 갸웃거리며 자기 자리로 돌아갔다. 뒤돌아서 자기 자리로 가다가 섬남과 시선을 교환하며 고개를 가로젓는 것도 잊지 않았다.
썸녀와 썸남은 그들의 러브라인에 여자를 끌어들이려는 뭔가 목적이 있어 보였다. 그 목적이란 게 과연 무엇일까? 여자는 그것까지 알 바 아니었다.

"생각 바뀌면 알려주세요. 타고 갈 차는 4인승이라서요."

자기 자리로 돌아간 줄 알았던 썸녀는 모니터 뒤에서 얼굴을 빼꼼 내밀며 여자에게 다시 말했다. 폭발 직전, 여자는 썸녀를 쳐다보며 서서히 몸을 일으켰다. 하지만, 썸녀는 곧바로 사라졌다. 여자는 뒤를 돌아 서둘러 자기 자리로 돌아가는 썸녀를 향해 소리쳤다.

"나 주말에 바빠. 금요일 저녁엔 뮤지컬 보러가야하고, 그거 보고나면 스파 가야해. 6개월 코스 회원권 끊어놨거든? 토요일엔 아침 일찍 요가 하고 나서 오후엔 골프 연습해야 하고, 저녁엔 대학로 연극공연 가야하거든? 일요일도 바빠. 아침엔 교회 다녀와서 오후엔 영어학원 주말반 들어야 하고, 저녁엔 클래식 음악동호인 모임 있어. 알겠지? 나 이렇게 바쁜 여자. 놀러 다닐 시간이 없어요, 시간이. 여자 인생 개척하며 살기도 바쁜데 무슨 연애를 한다고 해? 연애 안 해. 연애는 시간 낭비야!"

맞다.
여자의 말은 모두 완벽한 거짓말이었다.

여자는 주말에 할 일이 없었다.
모든 게 그 남자 때문이었다. 그 남자 만나기 이전과 이후의 여자의 삶은 모든 게 바뀐 상태였다. 여자의 지금까지 인생은 여자 중심으로 잘 진행되어 왔는데, 어느 순간 고등어 한 마리가 여자의 물을 흐린 상태가 되었다.
여자 주위엔 항상 사람들이 모였고, 주말마다 스케줄이 밀려들어서 1~2주 전에는 미리 약속을 해야만 여자랑 같이 시간을 보낼 수 있었다.
이게 모두 그 남자를 만나기 전에 있던 일, 과거

가 되어버렸다.

그 남자를 시간을 보내기 위해서 여자친구들과의 약속을 펑크내기 시작했더니 더 이상 연락이 오지 않았다.
어떤 동기는 여자에게 오랜만에 전화통화를 하면서 '너 시집갔다던데?' 소리까지 들었다. 주위 사람들과 교류가 멈춰지면서 여자는 어느새 시집을 갔고, 애를 낳았고, 시댁살이 중이고, 남편이 유학을 갔고, 돈에 집착해서 직장을 계속 다니고 등등, 여러 소문의 주인공이 된 상태였다.

'아, 이런 제길.'

우아한 싱글라이프 여자의 삶이 그 남자 하나 때문에 온갖 풍문의 주인공이 되어버린 상태, 여자는 어제 저녁 오랜만에 통화한 친구로부터 모든 이야기를 전해 듣는 순간 힘없이 전화기를 끊었던 기억이 떠올랐다.

여자는 잘 기억이 나지 않는 일을 어렴풋이 생각해냈다. 그 남자랑 헤어진 건 여자인데, 여자의 기억력도 여자랑 헤어지려는 걸까? 하루만 지나도 잘 기억이 나지 않았다. 여자는 설마 '나 노화되는 여자야?'란 말은 생각도 안 하고, 입 밖에 꺼내지조차 않는다. 이 나이에 노화라니, 여자는 고개를 가로저었다.

어느 연애잡지에서 읽은 글이었다.
남자와 여자가 사귈 때는 매초 매분이 아깝지만 헤어지게 되는 순간 그 즉시 할 일을 찾아야한다는 게 위험천만한 일이라고 했다.
헤어지고 나서 시간 관리법을 미리 챙겨두지 않으면 여자의 삶은 일순간에 피폐해지며 여자 주위에 모든 사람들은 어디론가 사라져 버린 뒤가 될 거라는 무시무시한 충고였다.

여자의 삶이 지금 딱 그 수준이었다.

'여성잡지가 베스트셀러인 이유가 다 있는 거야. 하나도 틀린 말을 안 하거든. 소설보다는 잡지를 읽어야 해. 실생활에 도움 되니까.'

여자가 그 남자랑 주말에 하던 일은 사실 따지고 생각해보면 별다른 큰일은 없었다. 자동차 몰고 하늘공원 가서 산책하기, 한강변 자전거 타기, 영화 보러 가기, 여름휴가 때 패키지 여행 가기, 대학로 연극공연 보러가기, 크리스마스 이브에 명동 거리 걸어보기, 동대문쇼핑몰 가서 옷 쇼핑 같이 하기, 김밥 싸들고 춘천 기차 타보기, 주말농장 만들어보기, 골프연습장에서 같이 운동하기, 스마트폰 케이스 커플 디자인으로 구입하기, 커플 사진 찍기 등, 이게 전부였다.

연애 초반엔 그냥 둘이 시간을 같이 보내기만 해도 좋다는 생각에 시간 가는 줄 모르고 모든 일이 즐거웠지만 연애 중반으로 흐를수록 한 번 했던 일은 더 이상 별다른 큰 감흥을 주지 않는, 그저 시시한 일이 되어버렸지만 말이다.

시시한 일이란 항상 이랬다.

자동차 몰고 하늘공원 가는 것도 기름값 들고, 차 막히고, 하늘공원 가서 걷는 것도 지친 일이 되었고, 한강변 자전거 타기는 잘못하다가 넘어져서 바지 구멍 뚫리고 무릎 까져서 피났다가 다리 절뚝이면서 자전거 끌고 집에 힘들게 걸어오게 되었고, 영화 보러가는 건 왔다 갔다 교통비에 시간도 아깝고, 조금만 참았다가 케이블TV에서 해주면

공짜로 볼 텐데, 굳이 극장에 가서 보는 것도 아깝고, 거기다가 인터넷에서 찾아보면 블로그 동영상으로 쉽게 무료로 보는데 그냥 집에서 인터넷으로 보게 되었다.

여름휴가 때 패키지여행 가는 건 지금 시국이 어떤 시국인데 글로벌 경기 침체에 국내 여행도 다 안 해놓고 해외여행 간다는 게 애국자가 할 일이 아니었고, 대학로 연극은 너무 좁은 공간에서 무대 바로 앞에서 보는 게 앞 사람 등짝만 보다가 오는 거 같아서 이젠 답답하게 느껴지고, 크리스마스 이브에 거리에 나갔다가 사람들 인파에 밀려서 옷 다 구겨지고 집에 와보니 헤어스타일도 헝클어졌는데 거기에 대목 노린 가게주인들은 물가를 모두 두 배 세 배를 받아 잡수시니 돈만 낭비한 거가 되고, 동대문쇼핑몰에서 쇼핑하는 것도 잘 보면 그거 다 중국에서 만들어오거나 짝퉁 제품이라던데 괜히 다리만 아프게 돌아다니는 거 같고, 차라리 인터넷쇼핑몰에서 쉽고 편하게 클릭만 해서 사는 게 훨씬 현명한 소비로 느껴졌다.

연애 초반엔 세상을 너무 아름답게 해주고 그 남자와 여자가 즐길 만한 것들이 너무 다양하고 많아서 시간 가는 줄 모르고 데이트를 했는데, 시간이 조금 흐르더니 연애 초반에 했던 모든 것들이 시시하고 돈만 낭비한 셈으로 느껴지게 되어버린 상황, 그 남자와 여자가 연애 중반부터는 각자의 일에 집중하게 된 원인이기도 했다.

지갑 형편이 넉넉지 않은 사회생활 초년생들이 신용카드 써가며 은행 잔고 찾아서 데이트를 했더니 로맨틱한 낭만의 대가가 현실에선 야근수당을 바라보게 되는 팍팍한 삶으로 돌아와 버린 경우였다.
학자금 대출을 갚아야 하는 청춘들은 아픈 게 문제가 아니었다.

당장 먹고살 일이 더 급했다.

그 남자가 평일에 해주던 일도 사실 뭐 특별한 건 아니었다. 외출 시간이 줄어들면서 그 남자와 여자는 각자의 원룸에 와서 TV를 보거나 게임을 하는 시간이 자연스럽게 많아졌고 만나지 않는 날에는 각자의 친구를 만나거나 알아서 시간을 보내는 게 일이었다.

남자가 여자의 원룸에 와서 해주는 일도 특별한 건 아니었다.

벽에 시계를 걸어준다거나, 화장실 전등 갈아주기, 여자가 사용하는 세탁기가 작아서 이불이 안 들어가니까 이불빨래 발로 밟으면서 해주기 정도였다.
그 외에도 여자 원룸에 화장실 막히면 고쳐주기, 컴퓨터 부품 사다주기, 여자 아플 때 약 사다주기, 커피 물 끓여주기, 커피 타주기, 설거지 해주기, 팔다리 주물러주기, 쓰레기 재활용 분리수거 해주기, 화분에 물 주기 정도였고, 여자가 아침 일찍 당직 근무가 있어서 일찍 일어나야할 경우엔 새벽에 알람 전화를 걸어줘서 일어나게 해주기도 있었다.

'이젠 누가 하지?'

여자는 금요일 퇴근을 마치고 회사를 나서면서 당장 할 일이 없는 게 문제였다.
그 남자랑 헤어진 게 일주일도 채 지나지 않았는데 벌써부터 여자에게 주말 스케줄이 비었다는 게 문제가 된다.

그래서 헤어지고 나서 여자에게 남는 시간을 활용할 계획을 세워둬야 한다. 여자의 이별은 지금 당장 그 남자와 만남을 끝내는 게 아니다. 그 남자와 헤어지고 나서 여자가 할 일이 필요하다.

그동안 만나지 못했던 친구들과 다시 만나기 시작할 것인지, 아니면 카페나 동호회에 가입해서 새로운 분야에 대해 공부를 해볼 것인지 준비해둬야 한다.
식도락 카페에 들어가서 매주 모임에 참석하면 술과 음식에 친구들이 늘어난다. 자전거동호회에 가입하면 매주 떠나는 자전거여행에 일상생활을 벗어난 즐거움을 가질 수 있었다.

어떻게 관리할까?
여자에게 필요한 그 남자와의 만남 이후의 일들은 어떤 게 있을까? 여자는 모니터를 켜고 해야할 일들 아니, 할 수 있을 것 같은 일들을 하나씩 적기 시작했다.

우선, 여자에게 남는 시간을 정리해야 했다.
그동안 남자를 만나면서 여자에게서 사라졌던 시간을 되찾아 오는 게 급했다.

하루 일과 어디서부터 찾아야 할까?
회사에 출근하는 아침 시간은 여자만의 시간이 없었다.
9시까지 출근인데 매일 아침 늦어도 7시엔 일어나야만 30분 동안 씻고, 30분 안에 아침 식사 간단히 때우면서 기초 메이크업이라도 할 수 있었다. 조금이라도 늦게 일어났을 경우엔 지하철에서도 눈썹 그리고, 립밤이나 립스틱을 바르며 남들 신경 안 쓰고 메이크업을 보충해야 했지만 말이다.

'아침 시간은 빼고.'

점심식사 시간대도 여자를 위한 시간은 없었다. 오전 업무를 하다보면 점심식사는 거래처 사람들이나 회사 동료들과 식사를 할 때가 대부분이었다.
식사를 마치면 커피점에 들러 아메리카노를 사서 회사로 들어오는 게 전부였다. 12시부터 12시 30분까진 회사 근처 식당에 발 딛을 곳이 없었고 12시 30분부턴 주변 커피점에 사람들이 북적였다.

여자는 그래서 테이크아웃 커피를 들고 회사로 들어와서 회의실에 모여서 커피타임을 갖곤 했다.

'커피타임은 가져야지. 사회생활인데 사람들하고 어울려야 하니까.'

그리고 오후 업무 시간.
업무에 바쁜 하루는 저녁 6시를 넘어 7시, 8시가 되어야 퇴근하는 일도 잦았다. 밤 9시가 넘어 야근할 때는 야근수당 때문이 아니라 일 때문이라는 인식을 심어줘야 할 정도로 약간 눈치가 보였지만 어차피 맡은 일을 해야 했기에 어쩔 수 없는 노릇이었다.

'평일 저녁 시간대에 할 일이 뭐가 좋을까?'

여자는 다이어리 빈 공란을 찾았다. 볼펜을 쥐고 평일 저녁에 할 일에 대해 골몰했다. 평일 저녁엔 사실 그 남자와 저녁 먹고 커피 마신 후 귀가하기가 대부분이었다.
서로의 일이 바쁘지 않은 경우에 한정했지만 일주일 중에 평일 5일 동안 2번 이상은 같이 저녁식사를 한 것 같았다.
여자의 다이어리에는 남자와의 일들이 가득했다. 여자는 그 남자와의 기록이 남아 있는 다이어리 속지를 찢었다.

찌이익.

경쾌한 파열음이 들리며 종이가 찢겨져 나왔다. 여자는 빈 페이지를 골라서 오늘 날짜를 쓰고, 평일 저녁에 할 일을 생각했다.

그리고 또박또박 정성스런 글자로 '외국어 공부'라고 적었다. 그 아래엔 괄호를 열고 '외국어 공부해서 혼자 배낭여행 떠나기'라고 설명을 달았다. 이제 평일 저녁 할 일이 생겼다. 여자는 스스로의 스케줄에 만족했다.

'다음엔 주말 스케줄인데.'

그 날 회사에서 썸녀가 해준 말 '4인승인데'란 말이 귓가에 맴돌았다. 주말 스케줄에 4인승과 무슨 관계이기에, 여자는 자신의 다이어리를 쳐다보며 빈 공란에 채울 내용을 떠올리려고 애썼다.

'금요일엔 잃었던 친구를 되찾아 오고, 토요일엔 직장 말고 나중에라도 할 수 있는 일을 배우기로 해야겠어. 요즘엔 영원한 직장은 없으니까. 그리고 일요일엔 종교생활을 이어가고, 오후엔 월요일에

또 출근해야하니까 다른 스케줄은 잡지 말아야지. 그래, 이거야.'

그 남자가 떠나니까 여자의 다이어리엔 여자를 위한 시간이 가득 찼다. 여자는 다이어리에 적은 글들을 보며 미소를 지었다.
그 남자랑 헤어졌다는 슬픔보다 약간의 생기, 여자를 위한 조금의 활력소를 되찾는데 성공한 기분이었다.

'그 남자, 헤어지길 잘한 거라는 생각이 들긴 또 오랜만이네. 그래, 난 썩 괜찮은 여자였어. 이 정도면 자기 일도 열심히 하는 거고, 노후 장래도 준비하는 여자야. 친구들과도 잘 지내는 거고. 그래, 이거 괜찮은데? 좋아, 좋아.'

여자는 회사에서 썸녀의 뒷모습이 떠올랐다.
그녀는 이번 주말에 분명 썸남과 데이트를 하러 여행을 갈 게 분명했다.

그리고 아까 4인승이라고 했던 건 썸녀와 썸남의 여행에 동반자가 필요했다기보다는 기름 값이나 경비를 분담시키려는 수작이었던 게 분명하다는 생각이 들었다.

여자는 2:8 남자를 떠올리며 기겁을 했던 게 사실이지만, 지금 이 순간은 오히려 2:8 남자에게 감사함을 가졌다.
여자는 아까 솔직히 조금은 이것저것 복잡한 머릿속을 떠나서 썸녀의 제안대로 여행을 가볼까란 생각이 들었던 것도 사실이었다.
그런데, 썸녀가 2:8 남자 이야기를 하는 바람에 모든 기대를 버리고 집으로 귀가해서 다이어리를 펼쳐들 수 있었다.

강아지들이 왜 멍멍 짖는 줄 아니?
예쁜 너 보고 멍 때려서 그래
유치해? 어쩌겠니, 네가 그렇게 만든 걸

SECENE
여자, 지금도 헤어지는 중입니다.

"괜찮겠어? 너 그 남자 많이 좋아하던 거 같았는데."

여자의 여자 친구가 위로의 말을 건넸다.
모처럼 만난 여자의 친구다. 그동안 전화통화만 하고 만나지 못했던 여자의 여자. 이렇게 애기하면 좀 이상하게 들릴지 모르지만 여자는 이 여자가 좋다.

어릴 적 같은 동네에 살았던 적이 있는 것도 아니고, 중학교나 고등학교 때 단짝도 아니다. 대학교 같은 과 동기도 아니다.

여자의 그 여자는 사회에 나와서 같은 직장에 다닌 적이 있는, 그러니까 조금 더 일찍 인연을 이야기하자면 같은 컴퓨터 학원에 다녔던 적이 있는 여자였다.

프로그래밍 과정을 공부하며 '나는 아무래도 웹디자인 쪽인가 봐. 소스코드 보는 게 너무 어렵고 꼬불꼬불 징그러. 난 소스코드가 소시지인 줄 알았지 뭐니?'라고 말했던 여자, 그녀는 웹디자이너 활동 중이다. 그녀는 지금 프리랜서 웹디자이너로 활동 중이다.

물론, 가끔 후회한다고 했다.

4대 보험 내보고 사는 게 소원이 되었다는 여자다. 불규칙한 수입에 잔액이 들쭉날쭉한 예금통장을 볼 때면 한숨부터 나온다는 여자, 그래도 프리랜서로 활동하면서 '대박'을 기다린다는 여자이기도 했다.
그래서 여자는 일이 힘들고 회사에서 스트레스를 받을 때면 이 여자를 만났다. 이 여자는 여자의 노스탤지어이기도 했다.

"아직 헤어지는 중이야."
"힘들구나? 힘들어 보여."

여자가 헤어지는 중이라고 얘기하면 이 여자는 힘들겠다며 맞장구를 쳐줬다. 여자의 대화 방식은 어렵게 보일 수도 있지만 어려운 건 아니었다.
지금 이 여자처럼 상대 여자의 이야기를 들으며 맞장구를 쳐주면 된다.

굳이, 자기 의견을 들이밀며 이거 해라, 저거 해라고 다그칠 필요도 없고, '내 의견은 이런데, 넌 내 말을 들었어야 해!'라고 설교를 늘어놓을 필요도 없다.
여자의 대화는 문제 해결책을 구하는 게 아니라 여자의 고민을 같이 들어줄 사람이 필요할 뿐이다.

"그 남자랑 헤어진 거 맞는데, 내 마음은 아직 정리가 안 된다는 거야. 난 왜 이러니?"

여자의 이야기는 그랬다.
항상 철두철미하고 자기 인생 똑 부러지게 확실하게 살아가길 원하던 여자였다. 그래서 직업도 미리 계획 다 짜놓고 실행만 시키면 되는 프로그래머가 되었다. 계획대로 되지 않으면 스트레스 생기고 힘들어하는 여자였다.

모든 계획이 짜 맞춰 놓은 대로 흘러가야만 직성이 풀리는 여자, 자기 인생에 오류나 버그는 절대 용서치 않겠다는 여자이기도 했다. 여자는 지금 자기 인생 최대의 바이러스를 만난 셈이었다.

근데, 오늘 상담 상대가 또 오류가 아닐까?
상대는 프로그래머가 아니라 웹디자이너. 그 고등어 녀석이랑 같은 직종이다.

또 모른다.
오늘 이 여자를 고등어랑 같은 과라서 골랐는지도. 여자는 이야기를 하면서도 자기가 지금 누구에게 무슨 얘기를 하는지 신경을 쓰지 못했다. 어쩌면 여자는 지금 그 고등어를 데려다두고, 고등어에게 자기가 짜증났던 이야기를 쏟아 붇고 있는지도 몰랐다.

"네 마음은 어때? 오래 고민했겠지만, 지금은? 헤어지는 거 잘한 거 같아?"

여자가 물었다.
고등어와 같은 과, 웹디자이너가 프로그래머 여자에게 물었다.

"내 마음은 아직도 헤어지기 전이라... 갈피를 잡기 어렵네."

여자 둘이 커피를 마셨다.
잠시 쉴 타임이다. 한 명은 에스프레소, 다른 한 명은 아메리카노. 프로그래머인 여자는 커피를 마시며 생각했다.

'그 고등어도 이따금 에스프레소를 마셨는데, 왜 웹디자이너들은 에스프레소를 마시는 거야? 커피잔도 쪼그맣고 맛도 쓰고, 저거 어떻게 마시는 방법이 있을 텐데.'

프로그래머 여자의 커피는 항상 아메리카노였다.
여자의 고향이 경상도 쪽이라서 그런 건 아니었다. 그 고등어가 그랬다. 고등어통조림이 사귀기로 한 첫 날 커피점에 와서 그 남자가 꺼낸 말이었다.

"넌 고향이 경상도라서 그래? 왜 맨날 아메리카노야?"
"무슨 소리야?
"뭐라카노? 라고 그러잖아? 경상도에서? 아메리카노? 뭐라카노?"
"…… 고등어. 넌 확실히 어류야."
"넌 통조림. 그러니까 우리가 어울리는 거야."

웹디자이너 여자가 에스프레소를 내려놨다.

"잘 어울렸는데."

그 여자의 입술에 커피 자국이 묻었다.
프로그래머 여자는 순간 생각했다. 저 여자 입술에 묻은 커피 자국을 보면 남자들이 무슨 생각을 할까?
웹디자이너 여자는 에스프레소를 마시고나서 내려놓은 커피잔에 백설탕 봉지를 뜯어 털어 넣었다.
작은 에스프레소 잔에 백설탕을 쏟아 붓고 있는 웹디자이너 여자가 프로그래머 여자에게 말했다.

"나도 잘 어울린다고 생각했어. 그래서 사귀던 남자였는데, 헤어졌어. 실은 그 녀석이랑 잘 해보려고도 했는데, 내 스타일이 아닌 거 같아서."

웹디자이너 여자 자신의 이야기였다.
프로그래머 여자가 한숨을 내쉬었다. 아메리카노 커피 잔을 들고 마시던 도중 들은 이야기라서 한숨을 쉬는 건 웹디자이너 여자에게 들키지 않았다.

'오늘 토크 미팅은 또 바이러스다.'

프로그래머 여자의 고민은 오늘 해결 금지, 웹디자이너 여자의 이야기를 들어줄 차례다.
두 여자는 그렇게 한동안 어울리다가 다시 떼어낸 남자 두 명에 대해 이야기를 나누기 시작했다.

"근데 넌 왜 에스프레소를 마시니?"

프로그래머 여자가 먼저 질문했다.
웹디자이너 여자가 잠시 멈칫. 백설탕 봉지를 털어 마지막 남은 설탕 알갱이 하나까지 넣으려면 순간이었다.
가로세로 1인치 정도 크기의 백설탕 봉지에서 마지막 남은 백설탕 알갱이 하나가 에스프레소 잔

안으로 굴러 떨어졌다.
그 순간이 너무 느리고 천천히 보이는 바람에 프로그래머 여자는 순간 당황했다. 괜한 걸 물어봤나? 왜 영화에서 보면 긴박한 순간이 되면 장면이 느려지고 그런 거, 영화용어로 뭐라고 하는 거 같은데, 아무튼 슬로우 비디오 말이다.

"여자가 뒤돌아서면 칼 같다고? 천만에, 그건 정리 다하고 헤어지는 여자들일 때만 그래."

웹디자이너 여자의 이야기였다.
프로그래머 여자도 고개를 끄덕였다.
맞다.
그래서 오늘 두 여자가 만났다.

같은 생각을 가진 여자라서 그랬다.
여자는 이 남자가 아니다 싶으면 마음 정리부터 들어가면서 남자랑 자기랑 안 맞는 부분을 찾기 시작한다고 했다.
여자가 그 남자랑 헤어질 이유를 찾는 시기다.
그렇게 오랜 시간을 거쳐 드디어 디데이, 냉랭한 표정의 여자가 아무 것도 모르며 싱글벙글 표정의 남자랑 헤어지는 날 하는 말이 생기게 된다.

"오래 생각해 봤는데."

이 말은 그 여자가 오랜 동안 마음속으로 자신의 남자랑 헤어질 준비하고 있었다는 뜻이다.
이런 여자들이 남자에게 이별 통보하고 나면 칼같이 끊는 거다. 남자가 울고불고 해도 소용없다. 그 모든 상황은 이미 여자가 다 예상했던 상황이니까 그렇다.
오히려 남자는 헤어지자고 말한 여자에게 시원하게 얘기해줘야 한다.

"그래, 잘 생각했어. 그동안 사랑했다. 잘 가. 좋은 남자 만나고."

사랑하는 여자로부터 이별 통보를 받은 남자들이여, 여자의 이별 통보에 당황하지 말라. 오히려 더 차갑게 여자에게 말해줘야 한다. 울고불고 매달리는 건 역효과가 생긴다.
여자의 예상대로 모든 상황이 흘러간다는 건 잠시 후, 드물게 보는 상황이 아닌, 지하철역 앞이나 버스정류장 앞, 또는 강남역이나 신촌 모퉁이 어딘가에서 여자 얼굴은 무표정하게 서 있고, 그 앞에 남자가 여자 팔 붙잡거나 여자 앞 가로막고 서서 뭐라고, 뭐라고 막 중얼중얼 거리며 여자에게 이야기하고 있는 상황을 만들게 된다.
보나마나 빤한 상황이다.
여자는 이별통보를 했고 남자는 어떻게 하든 되돌리려고 하는 모습이다.

그러니까, 이런 상황 이미 다 필요 없다는 얘기다. 여자는 다 예상하고 있던 상황이다. 남자들이여, 오히려 더 차갑게 나가라.

그 이유가 있다.
이별을 준비하는 여자는 헤어지고 난 후에 벌어질 일들도 다 생각해두고 상황별 대처방법까지 준비해둔다.
하지만, 남자가 오히려 더 차갑게 나오고 '그래, 헤어지자'고 하면 여자는 당황한다. 뜻밖에 상황이 생긴다면 바로 옆에 연애고수 언니들에게 물어봐서 코치를 받기도 하지만 이미 작전을 다 세워뒀다고 여긴 후에 실행단계에서 생기는 버그는 여자의 플로우차트(flow chart)를 헷갈리게 한다.

'이 남자 왜 이래? 내가 혹시 이 남자의 진짜 모습을 몰랐던 거 아닌가? 이 남자 뭐지?'

여자는 순간 당황한다.

그동안 여자에게 잘해만 주고 자기 의견은 없으며 오로지 여자 의견에 따라 행동하던 남자였을수록 여자들이 당황한다.

'이 남자가 왜 이래?'에서 '이 남자랑 헤어지면 안 되는 거 아닐까?'로 고민하기 시작한다. 웹디자이너 여자가 이 경우였다. 그녀의 이야기였다.

여자에게 잘 해 주는 건 좋았는데 어느 순간 보니까 자기는 남자다운 남자를 원하는 것 같았고, 이렇게 여자에게 잘 해 주고 자기 의견 없는 남자는 다시 생각해보니 매력이 없더라는 말이었다.
그래서 이별통보를 하기로 하고 대책을 세워뒀는데 막상 남자가 '그래, 헤어져.'라고 고민도 없이 바로 더 당황하게 되더란 이야기였다.
심지어 '고마워.'라고 하다니, 웹디자이너여자는 그렇지 않아도 누군가와 이야기를 하고 싶었는데 프로그래머 여자가 전화를 걸어준 덕분에 오늘 만사 제쳐놓고 나온 경우였다.

"근데, 에스프레소는 왜 마시냐고?"

웹디자이너 여자가 에스프레소 잔을 들어 한 모금 마셨다.

"나보고 소 키우냐고 묻더라. 에스프레소. 너무 썰렁하지 않니? 남자들은 왜 그런다니?"
"소?"
"응, 사귀기로 한 날 그 남자가 그러더라. 내 성격이 소 같아서 좋대. 눈도 크고 예쁘고, 말도 별로 없고, 조용해서 좋대나. 그리고, 남자 곁에서 든든해서 좋대. 잠깐, 참나, 기분 나쁘네, 나 든든하니? 나 든든한 여자야? 떡대 크고?"

프로그래머 여자가 아메리카노를 마셨다. 한 명은 경상도 여자냐고 묻고, 다른 남자는 자기 여자에게 소 키우냐고 물었다.

"난 경상도 여자야."
"너 서울 여자잖아?"

풋.
두 여자가 웃었다.

각자의 남자 이야기를 하며 두 여자는 다시 공통

점이 생겼다.
경상도 여자와 든든한 여자가 만났다. 붙여 얘기해서 '든든한 경상도 여자'였다. 두 여자의 유쾌한 웃음을 깬 것은 어느 한쪽 여자의 다음 이야기였다.

"힘들지?"

두 여자가 다시 울었다.
수다스런 두 여자의 웃음이 멈췄고 두 여자는 자기 앞에 놓인 경상도 여자의 아메리카노 커피잔과 소 키우는 여자의 에스프레소를 보면서도 웃지 않았다.
냅킨을 들고 눈 아래를 연신 찍어내며 마스카라 지워지지 않게 눈물을 닦아내기에 바쁜 두 여자가 되었다.

"근데, 맘 정리 안 해둔 상태에서 헤어지는 여자가 바보이긴 한데, 이런 여자가 더 문제야. 여자가 헤어지는 중이라는 거지. 진짜 우리 그 말마따나 거지같지 않니? 우리 왜 이러니? 헤어지자고 해놓고 왜 이렇게 힘들어하지?"
"너 그럼 그 남자가 다시 연락 오면 다시 또 시작

할 거야?"
"아니, 미쳤니? 그냥 헤어지는 게 힘들다는 거지, 왜 다시 시작해? 이미 끝난 일이야."

오늘 두 여자의 대화는 모처럼 실컷 웃다가 다시 울다가 대화를 멈추는 상황이 반복되었다.

하지만, 두 여자의 가슴 속에선 아직 그들의 남자에 대한 이야기가 비워지지 않은 상태인 게 분명했다.
비워도, 비워도 깨끗하게 비워지지 않는 곳, 두 여자의 마음엔 그날 하루 온종일 비가 내렸다. 감수성 풍부한 두 여자의 사랑에 대한 잊어가기 과정뿐이었다. 두 여자는 이미 그들의 남자와 헤어진 뒤였다.

단지 그뿐이었다.

**하늘에 구름이 하나도 없다 했더니
별들이 너를 보려고 했구나**

SCENE #
못 마시던 커피를 마시기 시작해

"근데, 너 커피 못 마시던 여자잖아?"

웹디자이너 여자가 프로그래머 여자에게 물었다.
커피점 밖 거리에 내리던 빗줄기도 약해진 모습이었다.
두 여자의 마음에도 빗줄기가 잦아들고 군데군데 도로면이 드러난 상태, 이제 막 태양이 구름 사이로 얼굴을 내밀길 시작할 무렵이었다.

맞다.
통조림은, 아니, 프로그래머 여자는 커피를 마시지 않았다. 딱히 몸에 이상이 있어서도 아니었고 커피를 거부하는 유전적 요소가 있어서도 아니었다. 커피에 각성효과가 있다는 걸 알고 일할 때 밤 새려고 마시지도 않았다. 커피는 그냥 음료수일 뿐, 어떤 특별한 의미가 동기부여를 일으키지도 않았다.

그 남자는 여자가 건강을 챙기는 줄 알았다.
남자를 위해 '여자가 자기 건강을 챙겼어'라고 했다. 고등어랑 그 같은 어류 친구들을 만났을 때 기억이다.
고등어는 또 말했다.
남자가 싫다면 술도 안 마시고 담배도 안 했지. 하루에 한 잔 커피를 마시던 여자였지만 비싼 커피점에서 수다 떠는 여자 싫다고 했던 그 남자 때문에 커피는 전혀 모르는 여자로 살았다고 떠벌렸다.

다 거짓말.

여자는 애초에 커피를 마시지 않았다.
고등어가 자기 친구들에게 아가미를 놀려가며 물장구를 칠 때도 여자는 침묵을 지켰다.
그게 남자를 위하는 여자의 배려라고 생각했기보

다는 그냥 말하기 귀찮았기 때문이었다. 그런데 이제 여자에게 커피를 마실 자유가 생겼다.

남자는 떠났지만 여자는 커피를 다시 만났다. 여자는 커피를 다시 마시기 시작했다.

고등어가 없어져서 일까?

아니다. 여자는 이제 커피를 마시고 싶다고 생각했다. 그동안 일부러 안 마신 것도 아니었고, 마실 필요가 없었기 때문이니까. 여자는 생각해보니 그 전에도 자유였다.

**세상에 가수가 어됐니?
너의 이야기가 노래로 들리는데**

SCENE
떠났다고 했는데, 넌 여전히 내 곁에

"너 어디야?"

여자 인생 최대의 실수. 드디어 일이 터졌다.

어제 웹디자이너 여자랑 커피점에서 나온 것까진 기억났다. 그런데, 잠이 깨어보니 침대 위다. 여기까지 어떻게 왔는지 도대체 기억이 나질 않는다.
또 다른 고등어, 웹디자이너 여자랑 만난 곳은 강남역 주변 커피점이었다. 거기서 바로 위 신논현역 사거리 쪽으로 가서 오후3시에 문 여는 곳, 평소 자주 가던 칵테일바에 들렀던 것도 기억났다.

요란한 음악 소리, 쉴 틈 없이 돌아가는 조명, 여기저기서 웃고 떠드는 남녀의 수다, 바 안쪽에 자리 잡은 두 대의 다트 게임판.
그래, 맞다.
웹디자이너 고등어에게 연속 세 판을 지고, 이어서 연속 다섯 판을 이겼다. 게임비는 한 번에 1천 원씩, 8천 원이 날아갔다.

'거기서 나와서... 어딜 갔지?'

필름 이어붙이기가 한창이다.
마침 오늘이 토요일이라 다행이다. 출근할 걱정 없이 여자는 침대에 누워 지난 밤 기억의 조각들을 붙이기에 바빴다.

알콜성 치매의 초기 증상이다.
여자가 통조림이란 별명이 생긴 이유도 간단했다.
술을 마시면 꼭 통조림 안주를 꺼내서 먹기 때문이었다.

그중에서도 백미는 고등어통조림.
잘 안 떠지는 눈을 억지로 실눈으로 뜨며 침대 주변을 둘러봤다.

서민의 술이라는 화학주, 초록색 병은 분명 소주가 맞다. 방바닥에 나뒹구는 소주병이 세 개, 아니, 반대쪽에 또 두 개. 다섯 병이 보였다. 웹디자이너 여자랑 헤어지고 집에 와서 또 다섯 병을 먹었다.
죽지 않은 게 다행이었다.

'하나님, 고마워요. 나 아직 살아갈 가치가 있는 여자 맞죠? 소주를 저렇게 먹었는데 살려주셔서 고마워요. 하나님, 예뻐. 근데요, 그냥 지금은 쫌 이 여자가 힘든 거죠? 어떻게 하다보니까 남자랑 헤어진 건데, 그 놈이 연락도 없는 거죠? 하나님, 남자를 왜 그렇게 만드셨어요? 남자를 만드시려면 좀 여자를 잘 알고 이해해주는 남자들을 만드셔야죠? 하나님!'

여자는 침대에 누워 다시 얼굴을 베개에 묻었다. 머리가 지끈거리고 속이 울렁거렸다. 화학주의 대단한 후반작용.
그러고 보면 소주는 실연이다. 그 두 가지가 똑같이 아프다.

'어쩌면 과음과 실연이든지.'

몸속 화학 효소와 뒤섞여 몸의 간이 과로한 탓이 아닐까? 여자는 이번엔 또 간에게 미안해졌다.

'간. 미안해. 간. 어제 무리해서 술을 엄청 마셨네? 이해해 줄 거지, 간? 너는 내 간이니까. 근데, 어떤 여자가 그랬는데, 연애하려면 간이고 쓸개고 다 떼어놓고 하라더라. 여자는 속없이 남자를 배려해주고 연애해야 한다는 건데, 그건 아니지? 난 너를 떼어내면 술도 못 마시는데. 간이 얼마나 고마운데. 근데, 나 도대체 어제 어떻게 집에 온 거니?'

여자의 기억이 이어졌다.

커피점에서 나와서 그래 맞다. 칵테일바에 갔다. 그 다음엔 근처에 노래방에 갔다. 노래방에서 시간 연장해달라고 아줌마랑 싸운 거 같은데, 아, 미치겠네. 노래방 시간 연장해달라고 싸웠네.
그래서 1시간 내고 들어가서 2시간 논 거는 기억나는데, 거길 나와서 어딜 갔지? 그 여자 고등어는 또 언제 사라졌지? 노래방에서 혼자 논 거 같은데? 미치겠다. 노래방에 혼자 갔어? 참 나. 나 왜 이러니.

여자는 기억의 조각을 이어 붙이다가도 떠오른 자기 모습이 평소와 다른, 여자가 지극히 혐오하던 모습인 걸 알고는 기가 막혔다.
모든 게 그 남자, 오직 남자 한 명 때문에 벌어진 일이라니 여자 스스로 자기 모습을 떠올리는 게 가관이었다.
문제는 그 다음이었다.

낮술 먹고 취했어. 노래방에서 그래 혼자 놀다가 나왔어. 노래도 뭐 대단히 슬픈 노래만 부른 거 같은데, 아 몰라. 기억 안 나. 그리고 어쨌든 택시를 타고 집에 오려고 했는데, 택시 택시기사랑 싸운 거 같은데 왜 싸웠지?

아, 맞다. 맞다.
나 집에 신논현역 제일시장 골목인데. 택시기사가 아가씨 술 취했으면 술 곱게 먹고 집에 걸어가라고 했어, 아, 진짜. 내가 그 말 듣고 짜증내면서 아저씨가 뭔데 나 차냐고? 남자면 여자 차버려도 되는 거냐고 막 대들고. 아, 진짜 완전 꼴통.

근데.
악.

'이, 이런 미친년! 나 미쳤구나! 나 진짜 그 남자에게 전화한 거야? 아, 이런 진짜 통조림 같은 년! 야, 너! 너 진짜 그 남자에게 전화한 거야? 술 먹고 전화? 여자한테 채인 남자들이나 한다는 거 맹추짓을 한 거야? 이런 제길! 으으.'

여자는 마지막 순간에 자신의 모습이 떠올랐다. 택시기사랑 싸우는 바람에 신논현역 농협 앞에 내린 후, 자기 보고 다 큰 처녀가 술 처먹고 밤늦게 다니면서 택시기사에게 주정이나 한다고 짜증내던 택시 기사. 그 택시 기사에게 승차거부 했다고 저 택시를 혼내달라고 전화한다고 했던 게 다름 아닌 그 남자 전화였다니.

그, 그럼?
여자를 집까지 데려다 준 건 그 남자였나?

여자네 집 비밀번호 키를 알고 있는 사람은 그 남자 말곤 없는데, 여자가 집에 들어와서 침대에 누워 자는 것도 이상하고, 방바닥에 굴러다니는 소주 다섯 병이 있는 것도 수상했다.

도대체 뭐지?

그럼, 어제 길거리에 여자가 전화했던 그 남자가 찾아와주고 같이 여자 원룸에 들어와서 소주를 더 마시고 여자가 잠들자 그 남자가 돌아갔다는?

으으으아아악!

여자는 이제 이렇게 죽는구나 싶었다.
도저히 얼굴을 들고 살아갈 기회조차 스스로 내던져 버린 것 같았다.
그래, 깨끗하게 정리하자.
이젠 도저히 쪽팔려서 살 수가 없다. 여자는 치솟는 속 쓰림과 울렁거림도 상관없었다.

눈앞이 팽팽거리며 도는 이유도 술 때문이 아니라 지난 밤 자기가 저지른 일생일대의 실수가...
'헤어진 남자에게 전화하기'였다는 걸 깨닫는 순간 벌어진 심경의 변화, 몸의 이상반응이라고 여겼다.

모든 게 상황정리가 되는 중이었다.
그래, 그래.
프로그래머로서의 최악의 해킹 사고가 술 때문에 생겼다. 아무리 잘 짜놓은 프로그램도 해커가 맘만 먹으면 뚫고 들어올 수 있다고 했다는 거 아닌가. 여자는 어깨가 축 쳐지며 실소가 터졌다.

쳇.
그래, 쳇. 여자는 눈앞이 캄캄했다.
눈을 떠도 떠지지 않았다. 누가 여자의 눈을 짓누르고 있는 느낌이었다. 숨은 쉴 수 있었다. 여자의 눈은 떠지지 않았다. 여자는 눈을 뜨려고 고개를 휘저으며 몸을 움직여봤지만 여자는 눈을 뜰 수 없었다. 그때였다.

지이잉.
이게 무슨 소리지?

전화다. 전화가 왔다.
아, 그 남자일 게 분명했다.
어떻게 받지?
여자는 눈을 뜨려던 노력을 포기하고 다시 눈을 감은 그 상태로 꼼짝하지 않았다. 죽은 채 하기로 했다.
그래, 이게 답이다.
여자는 생각했다.
죽은 채 하고 있으면 그 남자가 들어오더라도 놀

라서 여자를 데리고 병원에 데리고 가겠지? 그러면 119 아저씨들이나 병원 의사가 나를 보고 그 남자에게 걱정스런 얼굴로 말해 줄 거야.

"과음입니다. 다른 말로 '술 먹고 떡이 되다'는 표현이 있습니다만."

윽,
술떡.

아냐, 아냐.., 그것도 안 돼. 아, 미치겠네. 어떻게 해야 벗어나지? 이 남자랑 다시 만나기 싫어. 여자 자존심이야, 그건. 내가 어제 도대체 무슨 실수를 한 거야. 하나님, 저를 좀 어떻게 해주세요. 지금 데려가 주시면 안 돼요? 하나님. 그때였다. 문 두드리는 소리가 들렸다.

"야! 너 괜찮아? 야! 일어났어? 문 좀 열어 봐! 야!"

남자 목소리...가 아니다.
누구지? 여자는 다시 눈을 뜨려고 했다. 하지만 눈은 여전히 떠지지 않았다.

상관없었다.

여자는 귀를 최대한 높게 세우고 문밖에서 자기를 부르는 소리에 집중하려고 했다. 문을 두드리는 소리가 다시 들렸다.

"야! 야! 문 열어봐! 너 괜찮은 거지? 야! 119 불러? 너 살았으면 얼른 문 열어봐!"

아, 여자 고등어.
웹디자이너 목소리였다.

이 늠의 기집애. 이제 오다니. 어제 혼자 튀지 말고 나 좀 집에 잘 데려다줬으면 내가 그 남자에게 전화를 하는 최악의 실수는 안 했을 거 아냐, 에이. 진짜 도움이 안 돼. 도움이.

여자고등어 소리가 점점 멀리 들리며 희미해졌다. 문 열라는 소리가 아득히 멀어졌을 즈음, 여자의 몸이 순간 공중으로 붕 뜨는가 싶더니 눈이 떠졌다.
어찌 된 일일까?
아니, 이런. 여자가 엎드린 자세로 베개에 얼굴을 묻고 자던 중이었다. 그 사이를 못 참고 또 자다니. 눈이 안 떠진 이유도 그랬다. 베개에 얼굴을 묻고 있으니 눈이 아무리 해도 안 떠졌던 것. 여자는 한숨이 나왔다. 순간 여자의 코에서 나온 술 냄새가 여자의 윗입술에 부딪혀 다시 코로 들어갔다.

'아, 쏠려.'

그때였다. 다시 여자고등어가 문을 두드렸다.

"야, 문좀 열어 봐! 너 나한테 이러면 안 돼! 얼른! 너 잠 깼지? 얼른 문 열어줘."
"잠깐...만. 웁. 잠깐만 기다려. 웁."

여자는 침대에서 가까스로 몸을 일으켜 문 앞으로 다가갔다. 몸을 일으키자 술이 또 뇌를 강타하며 속 울렁거림이 심해졌다.
벽시계를 쳐다봤다.
하필 이 순간에 벽시계를 찾다니, 맞다. 다행이다. 벽시계는 그 자리에 없었다. 문 앞에 서서 상체를 앞으로 숙인 자세로 문을 가까스로 열었다.

딸각.

문이 열리는 동시에 문 밖에 섰던 여자 고등어가 헤엄치듯 집 안으로 들어왔다.

푸드덕.
싱싱한 몸놀림.

문틈이 아니라 바위틈 세찬 물살 사이로 헤엄치는 고등어 같았다. 여자는 갑자기 웃음이 픽 터졌다.

"너, 이 상황에서 웃음이 나오니? 어휴, 너 조금만 더 늦었어도 나 너 두 번 다시 안 보려고 했다."
"왜 그래? 읍. 너 어쩐 일이야? 이렇게 일찍 우리 집에 다 오고? 근데 너 헤엄 잘 친다?"
"헤엄? 그건 또 뭔 소리야? 그리고, 어쩐 일? 이렇게 일찍? 야, 너?"

여자는 다시 침대에 엎드렸다.
오후 두 시까지는 이러고 있어야 살아날 수 있다는 걸 경험상 알고 있었다. 지난 밤 과음한 경험이 있다면 다음 날 오후 두세 시는 되어야 속이 풀리고 그나마 움직일 수 있었다. 우리 몸의 과학적 신비.

잠시 후.
침대에 엎드린 여자는 여자고등어로부터 지난밤의 행적을 다 듣게 되었다. 천만다행이었다. 그 남자 고등어에게 전화를 걸진 않았다. 지난 밤 상황은 이랬다.

어제 여자고등어랑 통조림은 강남역 인근 커피점에서 커피를 마시며 술을 마시기로 하고 근처 주점에 들렀다. 그리고 소주 한 병씩 먹고 2차로 칵테일바에 가서 다트게임하고 놀다가 게임에 지는 사람이 노래방비를 대기로 하고 8번을 시합했는데 결과는 4:4였다고 했다.

근데, 어제 칵테일바에 통조림을 알아본 남자가 와서 술값을 대신 내주었는데 헤어스타일이 2:8 가리마를 한 게 진짜 이상해보였는데도 통조림은 그 남자를 마치 오래 전부터 알던 사이인 것처럼 상냥하게 대했다고 했다.

심지어, 그 남자 안주머니에서 빗이 있는 걸 어떻게 알았는지 빗을 꺼내들고 남자의 머리에 2:8 가리마 정중앙에 대고 오른쪽으로 왼쪽으로 정성스럽게 빗겨주더라는 것이다.

'아, 나 완전 대박사건. 으으. 이제 회사 어떻게 해.'

그게 끝이 아니었다.
택시 할증이 되는 새벽 시간이 훌쩍 지나버린 탓에 통조림은 칵테일바를 나와서 통조림 집에 가서 같이 자기로 하고 집에 오다가 근처에 닭발로 유명한 포차에, 주점에 들러 소주 한 병을 시켜놓고 둘이 먹었다고 했다.
그리고 술을 멀쩡하게 잘 먹던 통조림이 집에 가자고 하면서 갑자기 포차에 다른 테이블에 놓였던 빈 소주병 다섯 개를 들고 왔다?

여자고등어가 이건 왜 가져 가냐고 해도 막무가내로 소주 다섯 병이어야 한다며 꼭 붙들고 안 놓던 통조림이었다고 했다. 왜 남이 먹던 술을 가져 가냐고 말려도 소용없었다고 했다. 빈 소주병 주둥이에 오른손 손가락 다섯 개를 끼고 술집 밖으로 도망가는데 따라온 것만 해도 기적이었다고 했다.

그렇게 소주 빈 병을 가져온 통조림은 집에 들어오자마자 손가락에 낀 소주병을 보고는 개구리손이라며 막 웃다가 침대에 엎드려 잤다고 했다.

"세상에. 참, 근데 넌 왜 밖에 있어?"
"에휴, 말도 마."

여자고등어는 잠을 자다가 새벽에 화장실이 너무 급해서 화장실 문을 열고 들어갔는데 화장실이 이상하게 너무 넓다는 느낌이 들었다고 했다.
찾다 찾다가 너무 힘들어서 변기를 찾진 못하고 그만 화장실 문에 기대서 잠이 들고 말았다고 했다.

근데, 아침에 사람들 웅성거리는 소리에 일어나보니 통조림집 현관문을 열고 나가서 등을 기대어 자고 있던 걸 알았고, 같은 빌라에 사는 사람들이 여자고등어 모습을 보고 놀라서 깨워주기에 순간적으로 어떻게 할까 하다가 너를 깨우러 온 여자친구 흉내를 냈다고 했다.

"말도 안 돼."
"이게 다 술 때문이야. 나 이제 어떻게 해. 빌라에서 빠져나가는 것도 문제야. CCTV에 내 얼굴 다 찍혔을 텐데."
"이게 다 그 남자 때문이야. 근데, 너 그러고 밖에 있던 거야?"

"응?"

핑크색 잠옷.
수면양말.
핑크색 잠옷 안에 보온용 빨강 레깅스.

"악, 난 몰라."

여자고등어는 얼굴을 양손으로 감싸며 침대 옆 방바닥에 주저앉고 말았다.
시간이 흘렀다.
통조림 집 현관문이 열린 것은 그 날 토요일 밤 10시가 조금 넘은 시각. 통조림 원룸이 있는 빌라에 모여 사는 사람들이 저녁식사를 마치고 왕래가 뜸한 시각이었다.

모자를 깊게 눌러쓴 여자고등어가 통조림 집에서 나왔다. 그리고 계단을 내려가서 빌라 현관 출입구 쪽으로 내달렸다. 통조림은 창밖으로 여자고등어를 쳐다보고 있었다.

**세계 여행을 떠날 거야
내가 만난 너 자랑하려고**

SCENE#
슬픈 노래를 들었어, 왜 내 얘기 같지?

"야~ 노래 불러."

통조림이 노래방에 왔다. 혼자가 아니었다. 지난번 만났던 여자고등어였다. 웹디자이너로 활동하면서 프로젝트가 있을 때는 밤낮 없이 바쁘다가 없을 때는 실업자로 지낸다는 여자고등어. 마침 그 다음 날은 통조림도 월차 휴가였기에 여자고등어를 만나서 노래방에 가기로 했다.

"야~ 넌 왜 슬픈 노래만 불러? 이별했다고 티 내냐? 좀 재밌고 신나는 거 불러봐."

맞다.
이별하고 노래방에 가면 꼭 슬픈 노래만 눈에 들어온다. 통조림 생각에 그랬다.
우리나라 가수들은 이거 뭔지, 노래 부르기 전에 다 이별 한 번쯤 해보고 노래 부르는 거야? 그런 생각이 들 정도였다. 아니면, 나 이별하기 기다렸던 거야? 따지고 싶기도 했다.

"이별한 여자는 자기의 아픈 마음을 위로받고 싶어 해서 그래!"

아니다.
여자는 절대 자기 마음을 잘 털어놓지 않는다. 통조림은 여자고등어 말에 동의하지 않았다.
역시 웹디자이너란 꾸미길 잘해. 여자고등어라고 부르기에 충분하다고 여겼다.
여자고등어는 노래책을 뒤적이며 다시 한 번 더 통조림 들으라는 식으로 이야기를 꺼냈다.

"그래서 노래라도 부르며 자기 마음을 남들에게 들려주는 거야."

슬픈 이별 노래가 다 내 노래 같은 게 아니다. 통조림은 이번에도 여자고등어 의견에 동의하지 않았다.

'넌 노래나 골라. 주정하지 말고.'

통조림이 속으로 여자고등어에게 말했다.
노래책을 뒤적이는데도 앞에서 노래를 고르느냐, 뒤에서 노래를 고르느냐에 따라 그 사람이 신세대인지 쉰세대인지 구별된다고 했다.
노래책 앞에는 주로 옛날 노래가 있고, 뒤로 갈수록 새로 나온 노래가 있어서다. 그런데, 지금 저 여자고등어는 앞에서 고른다. 연애를 해본 지 오래되어 연애세포가 다 말라서 그런가? 아니면, 여자고등어가 만났던 남자가 나이차 많은 남자인가?

통조림 속이 복잡해졌다.
통조림이 상했다.
풋.

통조림이 웃었다.

여자고등어랑 통조림이 싸우면 누가 이길까? 통조림이 고등어를 확 먹어버려도 될까? 그럼, 진짜 고등어통조림인데. 통조림 기분이 갑자기 좋아졌다.
여자고등어가 노래를 막 선택하고 마이크를 찾을 때였다. 통조림은 여자고등어 앞에 마이크 줄을 잡고 마이크를 아래로 늘어뜨려 주었다. 마치 낚시를 하는 중이다.

"당신은 나를 떠났지만, 나는 당신을 보내지 않았어. 언제 올 거야? 너 아주 나쁜 남자야."

이런 가사다.
여자고등어는 노래를 잘 못한다.
이번에 다시 확인했다. 노래방 안 조명에 얼굴이 예쁘게 나오는 법은 아는 것 같아 보였다. 반짝거리는 조명 아래에서 자기도 빙빙 돌아가며 노래를 부른다.
통조림 보기에도 여자고등어 오늘 보니까 조금 섹시하다. 남자들이, 특히 나이 많은 남자들이 좋아하게 생겼다. 통통하고 복스럽게 생겼다.

통조림은 그런데 여자고등어랑 다르게 생겼다.
아까 조금 전 화장실을 다녀오며 립스틱을 다시 바르느라 쳐다봤던 통조림 앞 거울 속 여자도 같은 생각이었던 모양이다.
서로 마주 보고 고개를 끄덕였으니까.

여자, 당신 마음이 슬퍼서 자기 마음을 노래로 불러서 그래. 여자고등어 말이다. 남자랑 헤어진 여자가 노래방에 가면 꼭 슬픈 노래, 이별 노래만 부른다고 말하자 꺼낸 이야기였다. 그러면서, 여자고등어는 그냥 노래 부르는 건데 남들이 오해하기도 한다, 신기하지? 라고 말했다.

'그냥 부르기는. 색기가 절절 흐르는구먼.'

이별한 뒤엔 노래를 불러, 그게 좋아. 여자고등어가 마이크를 내려놓으며 통조림을 쳐다봤다.
앗, 이런. 눈가에 살짝 눈물이?

여자고등어가 고개를 움직이며 뭔가 삼켰다.
자기 가슴 속에서 터져 나오려는 울분 아니, 슬픔

아니었을까? 여자고등어가 목을 움찔거리며 입 밖으로 나오려던 무언가를 다시 가슴 속으로 삼키는 모습을 보자, 통조림은 진짜 그 모습이 영락없이 고등어 같다고 여겼다.
아가미로 물속에서 호흡하는 어류. 이번엔 통조림이 마이크를 들었다.

'감상에 빠지진 말고, 노래 가사 생각하지도 마.'

여자고등에게 해준 말이다.

그런데, 이번엔 통조림에게 적용된 말이다.
노래방에 책 뒤지는데 하필 고르고 고르는 게, 그 남자가 좋아하던 곡 아니면 그 남자 앞에서 부르던 곡이다.

이런 제길. 이러면 안 돼.
오늘 통조림이랑 여자고등어랑 노래방 멤버를 잘못 짰다. 비슷한 여자끼리 와서 비슷한 시기에 헤어진 남자를 생각하며, 비슷한 노래만 부른다. 오늘 또 여자고등어통조림 탄생.

"노래 부르러 가려고?"
"그럼, 노래방 같이 갈 멤버부터 짜."

멤버별로 여자에게 해가 되고 득이 되는 멤버가 나뉜다. 우선, 해가 되는 멤버다. 잘 노는 언니는 안 된다. 잘 놀고 섹시하고 예쁜 언니는 통조림이랑 노래방에 같이 가면 안 되는 언니다.

그 이유야 간단하다.
통조림은 사실 잘 노는 편이 아닌 축에 속하는 여자다. 그 남자를 만나서 같이 즐긴 데이트라고 해도 영화 보기나 여행, 게임하기 정도이고, 집으로 오라 해놓고도 전등 갈기나 싱크대 고치기를 부탁한 뒤에 임무(?)가 끝나면 서둘러 보냈던 그녀다. 통조림은 남자에게 애교를 떨고 끼를 부리는 여자가 아니다. 그런데, 잘 노는 언니라니? 그 모임은 어느 순간 잘 노는 언니 단독콘서트가 되어버린다. 통조림은 노래방에 같이 갈 여자를 고르다가 우선 1차 잘 노는 언니는 제외했다.

그 다음으로 득이 되는 여자를 골랐다.

결국, 여자고등어가 함께 왔다.

웹디자이너와 프로그래머의 만남. 그리고, 같이 술 마시고 노래 부르기. 완벽한 조합이라고 여겼다. 같은 여자니까 대화를 할 수 있고, 둘 다 남자랑 헤어졌으니까 술안주로 남자 험담을 늘어놓을 수도 있었다. 여자고등어는 통조림의 기대를 실망시키지 않았다.

여자고등어는 비비크림도 안 바르고 스니커즈 운동화에 눈썹도 안 그리고 나타났다. 후드티를 입고 나온 그녀의 스타일은 집에서 노는 여대생 포스였다.

통조림은?
통조림도 크게 다르지 않았다.
다만, 여자고등어보다는 예쁘게 보이기 위해서 눈썹도 그리고 비비크림은 발랐다. 미스트라고 속이고 스킨처럼 사용하는 향수도 대충 담았다. 이래 뵈도 통조림은 여자다.

"야, 어디 갈까?"

여자고등어가 아가미를 움찔거리며 호흡하는 것처럼 보였다. 통조림은 여자고등어 얼굴이 너무 귀여워서 오른팔을 들어 목을 감쌌다. 헤드락. 목 잠그기 기술이었다. 여자고등어가 펄떡거린다. 싱싱했다.

"네가 골라. 노래방은 깨끗하고 여자 취향에 맞는 델 골라 봐, 인마."

지저분하거나 남자들 있거나 술 취한 사람들 오는 덴 가지 않고 싶었다. 정서 함양에 도움이 안 되는 곳이다.
오늘 여자고등어통조림은 홍대 근처 깨끗하고 아름다운 여자 취향에 딱 맞는 노래방을 골랐다. 게다가 서빙하는 남자들이 훈남과 꽃미남들이었다. 오늘 제대로 필 받는 통조림이었다. 향수라도 가져오기 잘했다. 사실 오늘 여자고등어랑 노래방에 가기로 통화면서 어떻게 입고 갈지 서로 얘기 안 한 건 아니었다.

나 어떻게 입고 가?

물어보는 여자고등어에게 "넌 아무렇게나 입어도 예뻐!"라고 말했던 통조림이었다. 친구니까 당연히 그럴 수 있고 그래야만 한다고 여겼다. 여자 친구들끼리도 알고 보면 사회생활 생각 많이 한다.

그래서 그렇다.
그러면서 통조림은 여자고등어보다 예쁘게 보이려고 향수에, 비비크림에 블라우스를 입었을 뿐이다. 그 위에 귀여운 느낌의 스웨터까지. 시간만 좀 더 있었으면 헤어스타일까지 '풀셋팅'이라도 하고 싶었다.

여자고등어가 다음 노래도 이어 불렀다. 통조림이 예약한 노래이지만 여자고등어를 위해 듣고 싶어서 예약했다고 말하고 듣기만 했다.
사실 기억해야 한다.
노래는 혼자 마이크 잡지 말고 주로 듣기만 하는 게 좋다. 누구에게? 이별한 여자에게 말이다. 여자가 노래를 부르면 감정에 빠지고, 노래 가사에 감정이입 되어 혼자 감상에 빠지니까 그렇다. 다른 여자가 부르는 노래 듣는 게 최고다.

그리고 우리 조금 전에 말했지만 잘 노는 언니들은 남자 꼬시는 노래 잘 하거든? 그럼 여자 당신은 또 그 남자 생각날 게 분명하다.
그러니까, 노래방 같이 갈 멤버는 찬송가 부르거나 애국가 부르는 여자를 골라야 한다. 그게 베스트 선택이고, 그 다음이 여자고등어 같은 친구다.

같이 있기에 편하고, 마음 착한 여자 친구. 남자친구 없는 여자 친구이어야 한다. 착하기만 하면 안 된다.
왜냐고?
여자 당신과 노래방에서 같이 위로해주며 대화하다가도 그 착한 친구의 남자가 연락이라도 주면 그 착한 친구는 어느새 사라지고 어엿한 남의 와이프처럼 쏜살 같이 사라지고 만다.

'미안해. 나 오빠가 갑자기 연락이 와서. 담에 또 같이 올게. 너무 상심 말고 노래 부르고 가. 여기

시간 많이 남았네. 노래 예약이라도 해주고 갈게.'

착한 여자는 참 나쁘다.
자기 남자친구 만나러 가는데, 여자 당신이 노래 그만 부르고 집에 가지도 못 하게 예약곡만 10곡이나 넣어놓고 간다. 여자 당신은 지하 공간 여기서 노래나 부르고 있으란 얘기다. 헤어진 여자가 노래방에 가려는가? 남자친구 있는 여자는 멤버 목록에서 빼야 한다.

그리고 노래방에 가서 다른 여자들 노래 듣다보면 당신 마음에 속에서 그런 느낌 든다는 걸 알게 된다.

'저 여자를 위해 내가 같은 여자로서 도와줘야겠다!'는 생각이 그렇다.
남자 친구랑 헤어져서 마음이 울적하고 쓸쓸해서 노래방에 기분 풀려고 온 당신이다. 그런데 같이 온 여자들이 하나 같이 우울하고 울적해한다면? 가장 씩씩하고 나이가 한 달, 30일이라도 더 많은 당신이 다른 여자들의 보디가드가 되어주려고 나서게 된다.

그래 맞아!
남자들이 뭐 대수야? 내가 차건, 남자에게 차이건 그건 중요하지 않아. 우린 멋진 여자라구!

너 전화번호 좀 줄래?
경찰에 신고하려고. 내 마음 훔쳐갔다고

SCENE
AS 되는 여자?

남녀의 이별은 비슷하면서도 다르다.
여자는 헤어지며 울다가도 뒤돌아서서 메이크업을 고치면서 아무렇지 않게 행동하려고 애쓰지만, 남자는 울면서 돌아서서 그대로 간다.

어디에?
술집이다. 우는 건 똑같아도 헤어진 이후의 모습이 다르다. 그럼, 먼저 여자의 경우, 헤어진 나음 날부터 일주일간의 행적을 쫓아가 볼까?
남자는 연인과 헤어지면 다짜고짜 친구 연락해서

술 먹자고 부르는 게 대부분이지만 여자는 아주 가끔은 헤어진 티도 안 내서 주위 사람들도 모르는 경우가 많다. 사귀던 남자와 헤어진 여자의 일주일을 따라가 보자.

통조림과 여자고등어가 만났다.
하지만 이 두 여자는 자기 아픔을 솔직하게 털어놓지 않는다. 이번엔 여자고등어와 헤어진 통조림의 일주일을 되짚어 보자. 통조림이 권하는 말이다. 헤어진 여자의 일주일을 계획해 본다.

실연에서 찾아오는 감정은 호르몬의 이상체계일 뿐이다. 정상으로 되돌리려는 AS되는 여자의 7일간의 실연극복기

1 day;
정식으로 사귀기 시작한 지 어바웃 일 년. 그 남자의 여러 모습을 다 보고 도저히 나랑 안 맞겠다고 생각해서 깔끔하게 헤어지기로 했다. 이제부터 슬슬 그 남자의 흔적을 지워가야 하는데 방심했던

탓일까? 회사에 출근 후 무심코 켠 컴퓨터에 자동 로그인 작동되어 모니터에 메신저가 나타난다. 눈에 익은 아이디, 대화명, 순간 여자는 살짝 긴장하며 대화명을 살펴본다. 아직 그대로다. 남자는 아직 여자의 흔적을 지우지 못한 시기, 여자는 어떻게 해야 할까?

이 경우, 여자가 남자랑 깔끔하게 헤어지기로 했다면 반드시 메신저 목록에서도 지워야 한다. 그뿐? 아니다. 메시지 차단은 물론, 수신거부 목록에도 올려둬야 한다. 그러는 이유? 남자가 연락 올 수 있다. 여자는 결정을 내리기까지 오랜 시간 생각하고 고민하지만 남자는 결정 먼저 내리고 오랜 시간 고민한다.

남자가 술 마시고 여자친구에게 연락하거나 평소 바래다주던 곳에 출몰하기도 하는 이유가 그렇다. 여자의 집 앞까지 찾아왔던 남자라면 여자는 이사를 심각하게 고민해야 한다. 남자는 술 마시고나서 자신도 모르게 여친 집 앞에서 정신 차리는 경우가 종종 있다. 우연이건 필연이건 남자랑 헤어지기로 했다면 여자는 남자와의 모든 연결고리를 끊어야 한다.

2 day;
그런데, 기계적인 연결고리는 쉽게 차단한다지만 행여 그 남자를 만날 때 중간에 소개라도 해준 사람이 있다면 진짜 대략 난감이다. 남자랑 헤어지며 인맥도 끊어질 순 없기에 여자는 고민하게 되는데, 이 경우 여자는 남자를 소개해 준 그 아무개님에게 미리 얘기를 해주는 게 좋다. 절대! 맨입으로 가서 '나 헤어졌어'라고 하지 말고, 드립커피를 들고 또는 사탕이나 과자든 뭐든 먹을거리를 들고 다가가 얘기하자. 말 하는 방법도 신경 써야 한다.

어느 날 갑자기 '(당신이 그때 소개시켜줬던 그 남자랑) 나 헤어졌어!' 말해버리면 그 사람은 '왜?'라고 물어보며 당황할 게 뻔하다. 이 경우, 여자는 자기 이미지 관리도 하면서 그 사람에게 이렇게 말해주자.

"그 남자 너무 좋고 멋진 사람인데, 만남을 계속

가져가면 그 남자에게 오히려 도움이 안 될 것 같기도 하고, 나도 (집에서, 부모님이) 하라고 한 게 있어서 도저히 시간이 안 나고 해서. 무엇보다도 그 남자는 진짜 괜찮은 남자야." 이렇게 말해줘야 중간 사람은 그나마 속으로 안심이라도 한다. '아, 내가 그래도 나쁜 남자 소개해준 것은 아니구나'라고 말이다.

왜 그렇게 말해줘야 하냐고?

간단하다. 그 사람은 커플을 소개해 준 경험이 이번 처음이 아닐 게 분명하기 때문이다. 사람들 중에는 남자 여자 소개시켜주길 좋아하는 사람들이 있는데 그들은 인맥도 아주 넓어서 만나는 사람들이 많다. 서로에게 좋은 것, 각자의 이미지를 배려해주면서 혹시라도 있을지 모르는 '다음 기회'를 대비하는 게 좋으니까.

3 day;
남자와 여자가 만나면서 가장 먼저 하는 게 전화기 비번 공유하기, 페이스북 친구 맺기, 미니홈피

1촌 맺기 등등, 평소 거들떠보지도 않던 사소한 것 하나라도 둘의 사이를 가깝게, 남들보다 특수한 관계로 만들 수 있는 건 모조리 만들게 되는 경우가 있다.

너랑 나랑 이런 사이야, 우린 비밀이 없는 사이야 하면서 시작된 행동인데 나중에 헤어지기라도 하는 날엔 이게 역효과, 큰일이 된다. 동네방네 소문내고 난 다음에 헤어지는 게 아니라 헤어지고 나서 소문나기 마련인데, 그래서, 자세한 내막을 모르는 사람들은 '좋아요'도 누르고, 스크랩도 해가면서 '뭔 일 있어?'라고 스투피드한 질문을 날려오는 시츄에이션이 많다. 기억하자, 사귄다고 해서 개인 사생활까진 공유하지 않도록 하자.

하지만 이미 저지른 일이라면? 맞다. 방법을 찾아야 하는데, 당분간 잠수를 타는 것도 방법이다. 페이스북, 트위터, 미투데이, 블로그, 싸이월드? 뭐든 로긴 기록을 남기지 않도록 한다. 남자의 블로그에, 남자의 페이스북에 여자의 방문 흔적이 드러나는 순간 남자는 '다시 사랑하기 시작'했다는 착각에 빠진다. 여자도 자기랑 헤어지자고 말한 것에 대해 후회하고 있구나 생각한다는 뜻이다.

그럼, 전화로 카카오톡으로 연락온다고?

그건 피할 게 아니다. 남자의 친구들로부터 오는 연락은 다 받자. 무슨 일 있는 건지 묻는 사람들에게 숨기지 말고 얘기해줘야 한다. 어떻게? 아까 소개해 준 사람에게 하듯이. '그 남자 멋진 사람인데 내가 너무 부족해서 헤어지는 게 도움될 것 같아서'라고 해주자. 이런 말 한다고 해서 여자가 진짜 남자보다 부족한 사람이구나 생각하는 사람은 없다. 오히려 배려심 깊고, 이해심 깊고 아름다운 여자인데 남자 놈이 지지리 복도 없이 여자를 놓쳤구나라고 생각하게 된다. 여자의 이미지 업그레이드 순간이다.

4 day;
여자는 남자랑 만나더라도 해선 안 될 게 있다. 첫째, 돈 빌려주면 안 되고, 물건 빌려주면 안 된다. 호감을 갖고 만나주기 시작한 것도 남자에겐 대대로 감사해야할 일인데 다른 물건까지 빌려주는가? 절대 안 된다. 만에 하나 뭔가를 빌려줬는데 아뿔싸 헤어진 다음에 생각났다면 어떻게 할까?

맞다. 남자가 스스로 가져다 놓기를 기대해야 하고, 행여 남자에게 전화해서 '물건 돌려줘'라고 하진 말자. 여자 이미지 구겨지는 소리가 여기까지 들린다. 그리고 남자들은 '내가 너한테 이 정도도 안 되는 존재였어?'란 생각에 빠지면 울컥하는 본능이 있다. 헤어지더라도 남자의 자존심을 배려해주는 배려심 깊은 여자가 되어야 한다.

그런, 그 물건은 잃어버린 셈 쳐야 할까? 운 나쁘면 그럴 수 있다. 우선 받을 생각은 하지 않는 게 좋은데, 여자에게 반드시 필요한 물건이라면 이런 아이디어를 쓰도록 하자. 남자랑 서로 아는 친구를 통해서 슬쩍 분위기를 흘리는 게 좋다.

"아이패드를 보면 그 남자가 자꾸 생각나네. 아직 그 남자가 내 아이패드 사용하고 있다는 게 위안

이 되기도 하고. 그 남자에게 도움이 되었으면 할 뿐이야. 내 곁에 있으면 그 남자 생각이 자꾸 날 거 아냐. 지금 없어도 그런데."

시간을 두면서 천천히 주변 사람들에게 요정도만 흘려주자. 남자는 이런 얘기 전해 듣는 순간 자기가 해야 할 일이 딱! 하고 전두엽에 떠오른다. 원만하게 헤어진 상황이라면 이런 말이 남자 귀에 들어간 바로 그 날이거나 다음 날 안에는 여자에게 아이패드가 돌아온다. 남자는 자기가 사랑한 여자에게 오래 기억되고 싶어 하는 게 본능이다.

5 day;
여자가 주위 사람들에게 아직 이별 소식을 전하지 않았을 때, 남자를 소개해 준 사람이랑 여자만 알고 있는 상태일 때, 언제나 비호감인 사람이 등장하기 마련이다.
이상하게 텔레파시가 잘 통하는지 비호감인 캐릭터를 유지하는 재주는 타고났다고 여겨진다. '그 남자랑 잘 지내지?'라고 진짜 남의 속도 모르고 물어보는 비호감 피플.

이럴 땐 여자도 울컥하며 분노의 활화산이 되지만 그렇다고 이미지를 뭉개가며 맞대꾸할 수도 없을 노릇.

웃으며, 무난하게 그 순간을 넘기려고 애쓸 뿐이다. 사람들 눈치 못 채게 좀 비밀로 하고 싶은데 이런 마음을 아는지 모르는지 비호감 피플은 다시 뻐꾸기를 날려 온다.

'문제 있나봐?'

이럴 때 대응하는 방법은 '순순히 인정'하는 게 좋다. '네. 제가 좀 부족하잖아요. 남자에게 차였어요.'라고 해주자. 그럼 비호감 피플은 순간 당황하게 된다. 술자리나 회식에서 무심코 할 말 없어서 꺼낸 얘긴데, 졸지에 남의 아픈 상처를 들춰낸 몰지각한 사람으로 인증 받게 되는 분위기가 돼서 그렇다.

여자의 섬세함은 때로 돌직구 형태의 솔직당당이 좋을 때가 많다. 그리고 어차피 알려야할, 알게 될 일이라면 여럿이 모인 자리에서 알게 해야 나중에 오해를 살 소지도 없다.
여럿이 모이면 나에 대해 긍정도 나오고 부정도 나오면서 서로 섞이지만, 한 사람씩 알게 되면서 소문이 나버리면 이야기는 걷잡을 수 없게 커져만 간다.

남자는 여자랑 헤어지게 되면 처음엔 술자리, 그리고 여자랑 만났던 장소에 혼자 가는 본능이 있다. 물론, 이 단계를 건너뛰고 바로 소개팅 모드에 집중하는 남자들도 있지만 여자를 진짜 좋아한 남자라면 헤어졌다는 상황인식을 하기까지 꽤 오랜 시간이 걸린다.
그래서 여자랑 머물던 곳에 가서 혼자 밥 먹고, 혼자 영화 보고, 혼자 걷기 시작하는 요상한 모습이 된다.

심지어 여자가 우연히 (또는 남자의 의도였을 수도) 남자를 다시 보게 된다면 아는 체해도 되고 안 해도 된다.
아는 체할 때는 빨리 상황을 벗어나기 위해 직장

일, 아는 사람, 일행 핑계를 대며 간단한 인사를 하고 자리를 피하도록 하고, 다행히 여자가 먼저 남자를 발견하고 몸을 은폐 엄폐할 때는 모른 체 유지하는 게 좋다. 남자는 여자가 나타나는 순간 이미 다 알고 있다고 봐야 한다.
그러나 여자의 행동을 기다리며 여자가 우연이라도 자기를 봐주길 기다리게 되는데, 모른 체하고 나가는 게 최선이다.

그리고 여자여~!
남자랑 헤어지고 온라인 인맥을 다 끊는 것처럼 남자랑 한 번이라도 같이 갔던 곳은 당분간 가지 않도록 하자. 남자가 기다리고 있을까 봐가 아니라 여자에게 남자랑 만든 추억이 다시 자랄 수 있어서 그렇다.

6 day;
문제다. 남자랑 헤어진 후 어느 정도 기간이 지나야 다시 소개팅을 할 수 있을까?
일주일?
한 달?

남자랑 헤어진 지 뻔히 다 아는 사람들이 나를 눈여겨 볼 것만 같아서 소개팅도 잘 못하겠다는 여자가 많다.

너무 빨리 다른 남자 만나면 '쟤, 저러려고 그랬구나!'라며 손가락질 받기 일쑤고, 너무 늦게 소개팅 하면 '아직도 그 남자를 못 잊지?' 하며 동정심 받기 일쑤다.
이래도 저래도 여자는 사람들로부터 오해를 받기 마련인데, 여기서 조언하는 팁은 '남자를 만나더라도 단 둘이 데이트하기보다는 3명 이상 모임이 되어 어울리라'가 있다. 남자랑 헤어진 후에 소개팅을 하는 건 상관없다.

하지만 너무 빨라도, 너무 늦어도 오해는 사기 마련이므로 아예 여자는 모임에 자주 참석하는 게 좋다.
모임에 나온 사람들이 처음엔 여자 눈치를 보며 남자 이야기를 꺼내지 않지만 차차 시간이 흐르면서 사람들은 여자를 위한 모임에 적극 나서게 된다.

그리고 여자에게 새로 생긴 남자가 그들이랑 같은 모임에 나와도 이상하게 생각하지 않는다.

오히려 좋은 남자친구가 되어달라고 덕담을 아끼지 않게 된다.

물론, 전에 사귀던 남자를 아는 사람들과 갖는 모임이라면 반드시 전에 그 남자보다는 외모나 능력은 조금 좋은 남자가 좋다는 걸 신경을 써야 한다.

사람들은 내 마음과 다르게 비교의 본능이 많다. '겨우 저런 남자 만나려고 그때 헤어진 거야?' 소리를 안 들으려면 조심해야한다는 뜻이다.

혹시라도 이 글을 보는 여자들이 '못나고 잘난 게 무슨 문제야?'라고 할까봐 미리 말해두지만 여자가 남자랑 헤어지고 만난 다른 남자가 사람들의 눈에 비춰지기에 외모나 능력이 전 남자보다 부족할 경우라면 사람들은 전에 사귀던 남자에게도 비난의 화살을 돌리기 마련이라서 그렇다.

'아니, 저 정도 남자를 좋아하는 여자에게 차인거야? 대략 요런요런 반응이 나올 수 있어서 그렇다. 전에 만나던 남자의 이미지를 배려한다면 다시 만나는 남자는 능력과 외모가 조금 더 업그레이드 되는 게 좋다는 의미다.

7 day;
남자와 여자는 헤어진 후 감정의 순환고리가 다르다. 남자는 헤어지자는 여자의 말에 '황당' → '아연실색' → '복구 노력' → '절망' → 체념 순으로 전환되는데, 여자는 헤어지기 전까지 고민에 고민을 하다가 헤어져야만 할 이유를 정리하거나, 헤어지면 안 되는 이유를 정리해보면서 마음의 결정을 내린 터라 남자보다는 헤어진 후 겪는 마음의 허전함의 크기가 조금 다르다.

그래서 헤어진 여자의 특징 중에는 남자랑 만나던 시기에 하던 행동과 사뭇 다른 모습을 보이기도 하는데 '나 너랑 만나느라 못 한 거 있는데, 나 이런 거 좋아해!'라는 식의 표현을 하게 된다. '나 이런 여자야'라고 무언의 외침과 같다.

여자는 그렇게라도 남자에게 '그동안 네가 날 몰라도 너무 몰랐어!'라는 항의를 하는 중이다.

하지만, 여자는 여전히 남자를 모른다.
가령, 여자가 페이스북에 자기가 좋아한 '하이힐' 사진을 올려두면 남자가 우연히 그걸 보더라도 이렇게 생각한다.
'아, 이 여자가 나랑 헤어졌다는 표시로 신발 사진을 올려두는구나'
'하이힐 신고 어디 가는구나'

이 정도로 생각하는 게 남자다.
여자의 마음이 남자에게 제대로 전달되지 않는다는 소리다.
그리고 헤어지고 나서 얼마 동안은 그 남자의 도플갱어들을 보면서 흠칫 놀라는 순간이 있는데 이건 어쩔 수 없다. 그렇게 잊어가는 거니까.

여자가 남자랑 헤어졌다고 하더라도 모든 사회생활과 인간관계가 일순간에 정리되는 게 아니다. 그래서 여자의 이별 후에 여자에게 더 힘든 상황이 벌어지곤 하는데, 심지어 남자친구의 부모님과 친하게 지내는 것도 포함된다.
남자랑은 헤어졌지만 그의 부모님과는 친하게 어른으로서 친하게 지내면 어떨까 생각하는 경우? 생긴다.

하지만, 여자여, 생각해 보자.
여자가 남자의 부모님을 만나고 커피 마시고 헤어지더라도 그분들은 집에 가서 남자를 보게 된다.
오늘 오후에 커피 마신 여자, 오늘 저녁에 저녁 같이 먹은 여자가 기억나면서 자신의 아들이랑 비교하게 된다.
정답은? 맞다.
부모님과는 가깝게 지내면 지낼수록 남자랑 다시 만나게 될 가능성 상당히 높아진다.

이런 상황은 기본, 여자가 이별 후에도 버리지 못한 연애습관을 빨리 버리길 조언한다.
여자는 만나는 남자에게 마지막 여자가 되고 싶지만 남자는 자기가 만나는 여자의 첫 남자가 되길 원한다.

여자의 연애와 그에 따른 추억은 헤어지는 동시에
기억 속에서 영영 사라지게 하라.

난 그동안 학교에서 뭘 배웠을까?
여태까지 너에 대해 몰랐으니까

SCENE#
미안해, 너 못 잊겠다.
머릿속을 FORMAT

"아, 피곤해."

통조림은 침대에 누웠다. 여자고등어도 요며칠 연락을 하지 않았다. 각자의 아픔은 스스로 치유하기로 했다.
둘이 만나봤자 각자의 헤어진 남자 이야기만 꺼낼 뿐이란 걸 깨달은 뒤였다. 여자의 남자는 다른 사람에게 그저 남일 뿐이라는 걸 알았다.
통조림과 여자고등어는 당분간 각자의 상처가 다 치유된 이후에 다시 연락하기로 했다.

노래방에 다녀온 날 헤어지면서 서로 약속한 다짐

이었다.
여자고등어는 어깨가 축 쳐진 채 집으로 돌아갔고, 통조림은 집으로 돌아오다가 문구점에 들렀다. 그리고 다이어리 한 권을 새로 샀다.
새해 달력을 사지 않았다.
앞으로 한참이나 남은 새해였다. 차라리 무지노트가 채워진 업무일지용 다이어리를 샀다. 무지노트가 부족하면 더 사서 채워 쓸 수 있는 형식이었다.
통조림은 서둘러 집으로 향했다.

'다이어리를 펴고.'

라디오를 켰다.
FM 주파수를 찾아서 음악방송을 틀었다. 볼륨은 작게, 이어폰을 쓰지 않고 라디오 스피커로 나오는 소리를 듣기로 했다.
지금은 여자가 사랑에 대해 글을 쓰는 순간이다. 온전히 솔직한 감정을 그대로 드러낼 필요가 있었다.

여자는 라디오 볼륨을 살짝 높이고 다이어리 앞에 엎드렸다. 그리고 다시 일어나 앉았다.

여자의 침대 위엔 다이어리와 라디오, 회사에서 쓰다가 가져온 컬러 볼펜이 놓였다. 볼펜은 빨간색, 검정색, 파란색, 녹색으로 4가지 색상이었다. 여자가 다이어리를 펴고 한동안 그대로 바라보기만 했다.

'생각이 복잡할 때는 글로 쓰라고 했는데?'

실타래처럼 얽혀버린 생각의 잡동사니가 머릿속에서 좀체 나오지 않았다.
어디서부터 써야 할까?
그 남자랑 처음 만났을 때부터 쓰려고 했더니 좋은 내용만 나올 것만 같아서 망설여졌다.

이별한 마당에 좋은 이야기만 쓰면 자꾸 미련만 남을 것 같아서였다.
그렇다고, 그 남자와 연애하면서 싸웠던 이야기만 쓰려고 했더니 전생에 무슨 죄를 지었기에 여자랑 연애 한 번 했다고 세상천지 나쁜 놈으로 기록될까봐 망설여졌다.
생각이 복잡할 땐 글로 쓰라는 것도 마땅한 해결책은 아닌 것이 분명했다.

'좋은 놈, 나쁜 놈으로 쓸까? 아니면, 좋았다가 나쁜 놈? 아냐, 좋은 놈인 줄 알고 사귀었는데 알고 보니 나쁜 놈? 이것도 좀 그런데. 뭐라고 쓰지? 좋놈? 아냐, 아냐. 발음이 이상해. 아이, 씨. 누구야? 다이어리에 글로 생각을 써보라고 한 사람이? 세상에 쉬운 게 없어. 뭐라고 써야 해? 연애 초반엔 나한테 잘해주다가 조금 지나면서 딴 여자 쳐다보고 여자한테 하는 행동도 시들해지고 그럼 좋은 놈이 아닌데, 뭐라고 할까나?'

여자는 밤 12시를 넘긴 시각에도 여전히 잠을 못 이룬 상태로 침대에 엎드려 있었다.

여자가 원했던 것은 머릿속에 남은 그 남자에 대한 생각을 모조리 꺼내서 다이어리에 옮겨놓고 싶은 마음뿐이었다.
이건 집착도 아니고 미련도 아니었다.
여자의 마음에 있는 기억은 모두 꺼내서 없앴다고 생각했는데, 여자의 기억 속에 남아 있는 그 남자에 대한 기록이 지워지질 않았다.

그 남자에 대한 기억을, 또는 뇌 주름 곳곳에 저장된 기록을 손으로 잡을 수 있다면 손가락을 귀에 넣어서라도 머리 밖으로 끄집어내서 다이어리에 옮겨 적은 뒤에 불태워 버리고 싶었다. 그렇게 해야만 그동안의 기억이 말끔하게 사라질 것만 같았다.

하지만, 여자의 머릿속엔 여전히 찝찝한 그 남자에 대한 기억이 남은 상태였다. 그래서 여자는 다이어리를 사들고 집에 오자마자 지금까지도 침대에 엎드려 볼펜만 만지작거리는 중이었다.

여자는 그 남자와의 첫 만남부터 찾아보기로 했다. 매번 다이어리에 기록했으니 어딘가 기억의 잔상들이 드러날 터였다.
새로 산 다이어리는 엎드린 채로 바로 옆 침대 발 쪽에 올려두고, 침대 머리맡 등잔 옆에 놓아뒀던 예전 다이어리를 가져와서 월중행사표 페이지를 펼쳤다.
그 남자랑 첫 만남부터 100일째, 200일째, 300일째는 물론이고, 같이 본 영화, 같이 놀러간 곳, 뜻 깊은 기념일 표시가 모두 기록되었다.

'지금 보니까 별로 뜻 깊은 날도 아니고, 그냥 놀러 다니고 그런 기록들이네. 그 당시엔 행복하고 즐거운 마음에 기록했는데, 어쩜 지금 보면 다 그 저 그렇지? 연애하던 기분이 안 나. 누가 보더라도 이건 그냥 놀러 다닌 기록이야. 진짜. 돈은 많이 썼네. 교통비랑 어휴.'

여자의 다이어리에는 그 남자의 생일, 그 남자랑 같이 했던 일들에 대한 기록이 많았다.
여자에게 딴 남자가 생기기 전까진 그냥 둬도 될 내용들이었다. 이 말의 뜻은 여자에겐 더 이상 아무 의미도 없는 기록이란 의미였다.
더 이상 기록 가치가 없는 기억의 흔적을 왜 남겨둬야 할까? 이 질문엔 여자도 마땅한 답안을 만들진 못했다.
그냥 그것도 여자의 삶의 흔적이니까 그 남자랑 헤어졌다고 해서 단박에 지워버리기엔 좀 아깝다는 생각이 들었다.

다만, 여자에게 언젠가 또 다른 남자가 생기면 그땐 새로운 남자가 보기 전에 미리 다이어리를 다 없애버리리라 여겼다.
여자의 기록 속에 기억들이 새로운 남자에게 보여주기 어려운 부끄러움이 아니었지만 그래도 자기 여자가 과거에 자기가 모르는 어떤 남자와 놀러 다닌 곳, 어울린 곳을 보고 싶어 할 남자는 없으리라 생각한 이유였다.

여자도 예전 다이어리를 새로운 남자 앞에서, 또는 같이 들춰볼 생각도 없었다. 어디 숨겨둬도 좋으련만 마땅히 숨길 만한 곳도 없었다.
당분간은 지금 살고 있는 원룸에서 살아야 할 텐데 대한민국 부자들이나 비밀로 사용한다는 은행 비밀금고나 어딘가에 묻어둘 수도 없었다. 그럴 만한 가치가 무엇보다도 없었다.

여자는 자꾸 눈꺼풀이 내려오는 걸 느꼈다.
밤12시가 지난 시각, 새벽 2시로 향할 무렵이었다. 졸릴 시각이다. 여자는 애써 잠을 안 자려고 노력했다. 아이스크림을 들고 다시 누웠다.
새로 산 다이어리가 있는데, 저녁때부터 펼쳐놓고 지금까지 한 일이라고는 이름 써놓고, 올해 새해에 연휴에 빨간 색으로 동그라미 그려둔 게 전부였는데 이대로 잠을 잘 수가 없었다.
TV도 켰다.
그 남자에 대한 생각의 흔적으로 머릿속은 개운하지가 않은데 모든 걸 무시하고 그냥 자기엔 마음이 개운하지 않았다.

이별했는데 그 남자 기억이 안 떠나는 거, 사랑이 아니라 여자의 기억력 때문일 수 있었다.
그러게 왜 다이어리에 그렇게 깨알 같이 그 남자 애기만 잔뜩 썼을까? 여자는 예전 다이어리를 보며 빽빽하게 들어찬 각 페이지마다 자기 이야기가 없는 게 신기했다.
여자는 자신의 지난날에 그 남자에 대한 생각과 하고 싶은 말, 전하는 말, 미래의 계획 등으로 채워 넣었던 셈이다. 그렇게 흐른 뒤 새로운 날이 된 지금, 여자는 지난 시간의 기록을 지우느라 어쩔 줄 모르고 있었다.

여자에게 손해다.
여자여, 남자랑 헤어졌는가?

그럼, 지금 당장 그 길로 뛰어가서 다이어리를 새로 사자. 그리고 예전 다이어리를 버리자.
새로 산 다이어리엔 지금부터라도 이제 당신 여자 이야기만 쓰도록 하자. 남자랑 헤어지고, 여자는 다이어리를 새로 사야한다.
메신저나 카톡 차단이 문제가 아니다. 여자의 기록이 바뀌어야 한다. 예전 기록은 더 이상 가치가 없는 흔적일 뿐이다. 떠난 그 남자에 대한 흔적을 지우자. 이제부터 여자에 대한 이야기만 남기자.
여자 당신은 그럴 가치가 충분하다.

'누가 내 머릿속 좀 포맷 해줘!!!!'

여자는 침대에 엎드린 상태로 있다가 그대로 고개를 푹 숙였다.
머릿속엔 뭔가 끄집어내서 다이어리에 적을 이야기가 많은 것 같았는데 잡힐 듯 안 잡히는 통에 감질만 나서 미칠 지경이었다.
머리가 먹먹한 상태, 새로 산 다이어리가 여자를 빤히 쳐다보고 있다는 느낌마저 생겼다.

**네 발 주위에 동그라미 그릴 게
거기가 이 세상의 중심이야**

SCENE#
키 크지도 않은 너란 남자,
그래도 좋은데

나중에 생각해 보니
너란 남자
키도 작고, 못 생기고, 피부도 안 좋고, 옷도 잘 못 입는
내가 그렇게 싫어한다던 남자였네
왜 나는 너란 녀석에게 빠졌던 걸까?
내 시간 물어내
아니, 시간은 같이 썼다고 칠 테니까~
내 감정 돌려줘

여자는 새로 산 다이어리에 그 남자를 향한 마지

막 편지를 쓰기로 했다. 편지를 쓰다보면 자연스럽게 해야 할 이야기도 나올 수 있고, 그동안 섭섭했던 감정이나 기억을 적을 수 있을 것이라고 여겼다. 그렇게 시작한 편지였다.
여자는 자신이 생각해서 쓴다는 이야기로 시작해서 여자가 소모한 감정을 돌려달라는 이야기로 끝맺음을 마쳤다.

여자가 고개를 끄덕였다.

다이어리에 쓴 글이 여자의 마음에 들었다. 그렇다. 머릿속이 복잡할 때는 그 시작할 실밥을 찾아서 반드시 처음부터 엉킨 실타래를 풀어보라는 이야기가 아니었다.
중간부터 시작하더라도 어쨌든 하고 싶은 이야기를 쓰라는 뜻이었다.

그 중에 제일은 편지였다.
누군가에게 편지를 쓰듯이 하고 싶은 말을 옮겨 적다 보면 글이 완성되었다. 펜이 종이 위를 움직일 때마다 검정색 잉크가 채워지듯이 머릿속에 가득했던 검정색이 조금씩 종이 위로 옮겨지는 것 같았다. 머릿속은 맑아지고, 종이는 더럽혀졌다.

'그동안 우리 진짜 사랑했을까?'

여자는 남자의 말 한 마디에 행복했다.
남자의 진정성을 확인하는 순간, 즉 여자가 사랑받고 있다는 생각에, 처음엔 도저히 그런 남자가 아니라고 생각하던 그런 상대와도 사랑에 빠졌다.
여자는 핸드백이나 구두, 맛있는 음식으로 행복하지 않았다.
오로지 남자와 같이 한 시간, 남자로부터 들은 사랑 표현, 남자가 여자에게 해준 배려를 또렷이 기억하고 있으며, 그 행복감에 대해 기록한 내용이 대부분이었다.

'헤어진 지금, 우린 행복할까?'

여자가 그 남자의 ○○○에 빠져 사랑에 빠지는 사례는 어떤 게 있을까? 남자가 여자에게 주는 선물도 아니고, 음식도 아니며 구두도 아니라면 말이다. 여자는 다이어리에 또박또박 글씨를 썼다. 자기 자신에게 해주는 말이었다.
이번 기회에 여자여, 당신의 자부심을 주의하자. 천사정신, 모성애에 당해서 인생을 망치는 여자가 되지 말아야 한다.

여자는 볼펜을 잠시 들어 손목을 돌려봤다.
너무 힘줘서 썼던 탓인지 볼펜을 쥔 손가락에 쥐가 날 것 같다. 여자는 쥐를 진짜 싫어한다. 여자는 정상으로 돌아온 손목을 다시 다이어리 빈 페이지 위에 댔다.
여자가 그 남자를 좋아하게 된 이유를 적을 순서였다.

사실 뭐 미리 써두자면 여자 인생이 이렇게 잘생긴 남자가 또 올까 너무 좋아서 사귀는 여자가, 그런 여자는 아니었다.
왜 그런 여자 있지 않은가?'난 남자 얼굴은 진짜 안 봐.'라는 여자. 진짜 잘 생긴 남자가 자기에게 안 올 걸 아는 여자일 경우가 더 많다. 통조림도 다르지 않았다.

  * 여자가 저 남자를 바꿀 수 있다는 착각? *

통조림이 그 날, 그 운명의 되돌리고 싶은 회식자리에서 고등어에게 흑장미의 소원을 말했던 이유는 '제발 그렇게 좀 살지 말라!'는 의미가 더 컸다.
못된 남자를 보면 혼내주고 싶던 여자로서 찌질하

게 사는 남자를 봐도 혼내주고 싶었던 그럼 마음에서였다.

근데 일이 단단히 꼬여버린 것, 처음엔 미안한 감정에 해장하고 밥 먹자고 했던 게 조금 더 발전하더니 '이 남자 내가 좀 고쳐야하겠다'가 되었다. 이 모든 건 여자의 아빠 때문이라고 여겼다.

그녀의 아빠는 딸이 제일 싫어하는 타입의 남자였다. 무능력하고 찌질하고 엄마한테 모든 걸 기대서 살아가는 남자였다.
여자가 프로그래머가 되기로 한 이유도 사실 아빠 때문이다. 인생 살아가는 법 좀 제대로 짜보고 싶었던 이유, 계획성 있게 살자가 삶의 모토였는데 어느덧 직업이 되어버린 경우였다.

하지만, 이제 여자는 엄마의 마음을 이해하게 되었다. 그동안 여자는 왜 엄마 같은 여자가 아빠랑 같이 살까 고민도 하고 엄마를 타일러 보며 이제라도 갈라서라고 했던 적도 있다.

그런데, 엄마는 아빠를 사랑하진 않지만 '그 눔의 정' 때문에 같이 산다고 했던 기억이다.

여자는 지금 그 늪의 정이 고등어에게 생겨버린 걸 알았다.
그렇게 시작했던 연애였다.
하지만, 이제 두 번 다시는 고등어랑 하던 연애는 하지 않기로 했다. 스무 살 넘은 남자는 여자가 고쳐줄 수 없다. 걔네는 다 컸다.
그리고 여자는 그들의 엄마도 아니다.
그들의 엄마도 못 고친 걸 다른 여자가 고치겠다고 하는 게 어리석은 행동이었다.

'엄마, 미안해.'

난 그동안 엄마 딸이 아닐 거라고, 분명히 DNA가 다른 여자일 거라고 생각했는데 나도 모르게 엄마처럼 살았네. 세상살이하면서 남자답지 못한 남자를 보고 그 남자를 고쳐주려고 했던 마음을 가졌었어. 엄마 생각이 난다. 엄마 미안해. 나 엄마 딸 맞네. 근데, 이젠 그 남자랑 안 만나. 어쩌다 보니까 헤어졌는데 잘한 거 같아.

"엄마, 아직도 그 남자랑 같이 살아?
 엄마 대단해. 누구긴 누구야, 아빠 얘기야."
              from 여자답지 못했던 딸로부터

* 내가 저 남자를 떠나면,
      저 남자는 죽을 거야라는 착각? *

딱 한 번.
사실 여자는 이전에도 남자랑 헤어지려던 적이 있었다. 언제인지 서울 신촌에서 금요일 밤 술을 마시고 얘기하다가 갑자기 시험을 해보고 싶던 적이 있었다. 그 남자의 마음을. 이 남자가 진짜 나를 사랑하는지, 이 남자가 나를 얼마나 사랑하는지, 이 남자가 나밖에 없는지 알아내보고 싶었던 날이었다. 술김에 저지른 행동이기도 했다.

"우리 헤어져."

공교롭게도 그 남자가 월급 탔다며 나한테 겨울부츠를 사준 날이기도 했다. 절호의 기회. 연인끼리 상대에게 신을 사주면 신고 도망간다는 전설을 시험해볼 기회였다.
헤어지기 딱 좋은 이유가 되기도 했다.
여자가 먼저 헤어지자고 했다. 근데, 이 남자 그때 술이 떡이 된 건지, 떡이 술이 된 건지 모르게 듣지 못했다.(나중에 알았지만, 듣지 못한 척했다고 고백했다.) 여자는 다시 한 번 더 말했다.

"고등어, 너랑 헤어지겠다고!"

고등어가 걸음을 멈췄다.
여자는 숨을 죽이고 가만히 지켜보기로 했다. 그때 고등어랑 통조림이 있던 자리는 신촌로터리 백화점 앞 도로였다.
농협은행 바로 위, 교회가 보이는 언덕길이었다. 어찌 보면 대단히 위험한 길이기도 했다.
동교동삼거리에서 넘어오는 차량이 있어도 맞은편인 그 자리는 안 보이는 위치, 홍대 정문 쪽에서 나오는 차량들이 생각 없이 우회전하다가 부딪힐 수 있는 자리였다. 정면에서, 좌측에서 공격당할 수 있는 자리였다.
그런데, 그 남자가 여자의 간담을 서늘하게 했다. 그런 곳에서.

뚜벅뚜벅.
고등어는 헤어지자는 통조림의 이야기를 듣더니 아무 말 없이 차도로 걸어 들어갔다.
그때 시각은 밤 10시경을 조금 넘은 시각이었다. 언제 어디서 차가 달려올지 모르는 시각이었다. 그 남자는 차도로 들어가서 서더니 여자를 돌아보며 말했다.

"난 죽을 거야."

여자에게 말했다.
여자에게 부츠 하나 사주고 자살하겠다는 남자, 이런 남자 내일 조간신문에 못 나면 생활정보신문에라도 광고 내달라고 했다. 그동안 행복했다며 지금 자기는 먼저 갈 테니 그 부츠 신고 오래도록 행복하게 살아달라고 했다. 여자랑 같이 있지 못할 바에야 자기는 죽은 목숨이라며 차라리 지금 여자 눈앞에서 작별인사하고 떠나는 게 행복한 선택이라고도 말했다. 당황해진 쪽은 여자였다. 남자는 여차하면 진짜 죽을 모양이었다. 도로에서 눈을 감고 양팔을 벌리고 차가 달리는 방향으로 서 있기만 했다.

여자가 가만있을 순 없었다.
세상에, 부츠 선물 받고 남자를 죽였다는 무시무시한 살인자 누명을 쓰기도 싫었다.
남자가 부츠를 샀던 곳은 그 백화점, 그리고, 부츠를 선물 받은 여자가 남자에게 이별을 요구하고, 남자는 세상을 떠났다? 말도 안 되는 일이었다.

일단 저 남자를 살리고 봐야겠다는 생각이 들었다.

"야! 고등어! 알았어! 알았어! 헤어지지 않을 테니까, 빨리 나와!"

근데 사실 좀 이상하긴 했다.
여자는 차도로 들어가서 그 남자 팔을 붙잡고 나오는 대신 안전한 도로가에서 서서 남자에게 빨리 돌아 나오라고 소리를 치기만 했는데, 그 남자는 여자가 나오라고 하자마자 한 치의 망설임도 없이 나오는 것이었다.
그것도 차도로 들어갈 때와 다른 속도로 엄청 빠르게 말이다.

그날 이후, 통조림은 고등어랑 조금 더 사귀기로 했다.

사실, 그 순간 여자가 기대했던 반응은 솔직히 이랬다. 굳이 차도로 들어가지 않더라도 헤어지자는 여자에게 남자라면 "안 돼. 난 너 없이 못 살아. 나 버리지 마." 등등. 이야기를 해도 충분한 일이었다.

그럼, 여자는 남자에게 다시 '알았어. 너랑 더 사귀어 볼게.' 말할 순서였다.
그런데, 그 단순한 남자는 누가 고등어 아니랄까 봐 헤어지자는 여자 앞에서 바로 죽어버리겠다고 차도로 뛰어들다니?

여자는 그 남자가 안쓰럽기도 했지만 한편으론 자기를 목숨처럼 아껴준다는 생각이 들어서 행복하기도 했다. 그 남자의 팔짱을 좀 더 꽉 끼게 된 계기였다.
그런데, 이 이야기의 반전은 그로부터 몇 달이 지난 후에 알게 되었다. 그 남자의 생일인 것으로 기억했다.

"자기 뭐 나한테 숨기는 건 없어? 있으면 말해. 오늘은 자기 생일이니까 내가 다 용서해 줄게."

생일 케이크를 놓고 축하노래를 불러준 다음 순서였다. 여자가 남자에게 말했다. 그러자, 남자가 웃으며 고백했다. 진짜 말해도 될지 여자의 눈치를 보더니 이내 안심한 얼굴이었다.

여자는 당시 '이 인간이 진짜 뭐 비밀이 있나 보

네? 그냥 난 너한테 숨기는 비밀 따위 없어라고 해야지! 이 고등어 자슥아!'라고 생각했지만 그 남자에게 드러나지 않게 미소 띤 얼굴로 바라보기만 해줬다.

"나 실은 그 날 너한테 부츠 사주고 네가 헤어지자고 한 날, 차도로 들어가기 전에 신호등 바뀐 거 보고 들어갔어. 신호등이 빨간 불이면 차가 안 오잖아? 그게 최소한 1분은 되거든. 차도에 서서 양팔 벌리면서 손목시계를 봤어. 1분 시간 재려고. 그리고 눈 감고 서 있지도 않았어. 실눈 뜨고 혹시라도 신호위반 하는 차 있으면 피해야 하니까 조심했어. 근데, 네가 빨리 나오라고 해서 진짜 다행이었어."

여자는 그대로 남자를 바라보기만 했다.
여자 앞에서 생크림 케이크를 맛있게 먹고 있는 고등어였다.
생크림 케이크 위에 빨간 체리까지 고등어가 먹어버렸다.
그건 여자 차지였는데. 여자는 어깨를 들어 올리며 심호흡을 들이마셨다. 그리고 나지막하게 남자에게, 고등어에게 말했다.

"괜찮아, 오늘은 생일이니까. 생일이니까. 그래, 오늘은 우리 고등어 생일이니까."

여자는 신중하게 생각하고 고민한 뒤에 결론을 내서 이야기하지만 남자는 극단적으로 결심하고 생각 없이 말을 한다.
여자 앞에서 네가 떠나면 죽어버리겠다고 하는 남자들은 100명 중에 99명이 거짓말이다. 사실은 죽을 용기도 없으면서 죽겠다고 할 경우다.

그럼, 나머지 1명은?
이 남자는 실수를 저지르는 사람이다. 여자에게 극도의 절박한 상황을 만들어놓으면 여자가 미안하다고 나와야 하는데 그걸 안 해주는 여자일 경우엔 남자가 조금씩 수위를 높이다가 실수하는 경우다.

'이래도 안 나와?' 하다가 '안 나오네?' 하고 그 순간 진짜 사고로 연결되는 경우다. 남자의 고집이 어긋나는 경우다.

사실 여자는 이런 상황에서 절대 무모한 행동을 하지 않는다. 이미 여자는 나가지 않기로 결정을 한 상태여서 그렇다.
이 사실을 모르는 남자들이 고집으로 떙깡 부리다가 독박 쓰는 경우다.

그럴 땐 남자들이 여자들에게 부드러운 이야기를 해야 하는 게 더 옳다. 여자가 스스로 생각하고 결정해서 다시 올 수 있도록 여자를 설득해야 한다. 고집이 해결책이 아니다.
그래서 다시 한 번 더 말하지만 남자는 단순하고 무식하다.

어류처럼.

여자들이 이건 이해해 줘야 한다.
남자가 극도의 흥분 상태에서 말도 안 되는 행동을 이야기하면 여자는 침착하고 차분하게 남자를 다독여줘야 한다.
남자는 여자의 말 한 마디에 하늘에 별도 따오는 용사가 되지만, 여자의 무시엔 목숨도 진짜 걸 수도 있는 바보가 된다.

* 남자들 뭐 특별한 거 있어?
그 남자에게 머무는 여자 *

사실 그렇다.
통조림이 고등어랑 사귀는 중에도 주위에선 통조림에게 소개팅하라는 제안을 많이 해줬다.
고등어통조림의 연애 기간이 조금씩 길어질수록 둘 사이엔 이따금 티격태격하는 순간도 있었는데, 이를 본 주위 사람들이 통조림에게 다른 남자 만나보겠냐는 제안을 해 줬다.
둘이 헤어진 줄 알고 마음의 상처를 고쳐보라는 이야기이기도 했다. 하지만 통조림의 생각은 번번이 '아니'었다.

'남자가 다 거기서 거기지. 고등어랑 헤어지고 나면 다른 남자 만나면, 또 서로 알아가야 하고, 또 데이트하며 다녀야 하고, 또 치장하고 꾸며야 하고, 그렇게 서로에 대해 알아가는 시간이 또 이만큼 걸릴 텐데, 그냥 차라리 지금 고등어에게나 맞춰주면서 연애나 하는 게 더 좋지. 그게 더 편해.'

여자는 다이어리에 글을 쓰다가 얼른 일어나 앉았다.
침대가 출렁거렸다.
싸구려 침대. TV 광고에선 바로 옆에서 뛰어도

옆 사람 자리는 흔들리지 않던데, 여자의 침대는 일어나자마자 침대 전체가 흔들렸다. 아무튼 그건 그렇다고 하고, 여자는 입술을 앙다문 채 골똘히 뭔가 생각하기 시작했다.

'내가 왜 다른 남자를 만나지 않았지? 내가 진짜 고등어를 사랑하나? 나 그럼 고등어랑 끝까지 갈 생각을 했던 거야? 야, 통조림, 너 진짜 그랬던 거야?'

여자는 스스로에게 물어 봤다.
너란 여자 진짜 고등어랑 잘 해 보려고 한 거야? 그랬던 거야? 진짜? 정말로? 확실해? 하늘땅 별땅? 하지만 여자 안에 여자는 여전히 '아니'었다고만 말했다.
그럼 왜 소개팅을 안 했어? 이 바보야? 여자 안에 여자가 대답했다.
그건 말이지, 네 팔자야.

'아아.'

여자는 다시 엎드렸다.
고등어통조림이 될 수밖에 없었던 팔자. 소개팅

시켜주겠다던 남자들 중에는 의사, 변호사, 사업가도 있었고, 자영업자, 공무원도 있었고, 교포도 있었다.

교포? 맞다.
교포.

이상하게 언제부터인지 모르지만 남자친구로서 교포가 호감 대상에 오르기 시작했다.
재미교포 말이다.
미국 영주권자 또는 시민권자인 교포인데 한국에 방학 때 들어왔다는 이야기가 먼저 나오고 그 다음엔 '만나볼래?'라는 제안이 나오곤 했다.

이게 뭐가 좋았을까?
통조림이 교포는 싫다고 하자 바로 옆 다른 여자들이 소개팅 순서 번호까지 매겨가며 그 남자를 채갔다.
마치 굶주린 독수리가 어린 양을 채가듯이 서로 못해서 난리였다.
사실 통조림 생각엔 '한국 주민등록자인데 방학 때 미국에 놀러왔어, 만나 볼래?'랑 뭐가 다를까?
다를 게 없었다.

여자는 다이어리 다음 페이지를 넘겼다.
맞다. 여자는 그 귀찮아하는 성격이 문제였다.
그건 팔자였다.
미국 교포이고 자영업자이고가 문제가 아니었다.
그냥 남자라면 다 그렇고 그런 남자들, 남자가 특별한 게 아니라 여자가 특별하다고 믿는 여자라서 그랬다.

* 내가 저 남자를 좋아하니까
혼자 사랑했던 여자 *

'그게 여자에요.'

꽤 오래 지난 이야기였다.
통조림이랑 같은 과 동기들이 모인 적이 있었다.
이때 같은 과 후배 중에 한 명이 함께 모였던 적이 있는데 여자들의 이야기가 자연스럽게 누가 누구를 사귀는 연애 이야기로 흘렀다.
근데, 이때 들은 이야기 중에 하나가 충격이었다.
통조림보다 나이 어린 여자들의 신세계가 펼쳐진 것일까?

사고방식이 달라도 너무 다른 상황에 아무 말 하지 못하고 그냥 듣기만 하던 기억이었다.

"그 남자는 그 여자를 사랑하지 않았어요."

후배의 말은 이랬다.
어떤 남자와 여자가 연애를 시작했다. 여자는 남자를 많이 좋아했고 남자에게 최선을 다했는데, 남자는 그게 아니었다고 했다. 남자는 어느 순간부터 여자를 멀리했고 여자도 그걸 알고 있었다고 했다. 근데 그 다음이 문제였다.

"그 남자가 만나자고 하면 그때마다 여자가 만나러 나가는 거예요."

사랑하지 않는 남자를 만나러 나가는 여자. 그 자리에 모인 여자들은 모두 하나 같이 눈살을 찌푸렸다. 일반적인 이야기가 아니었다.
여자들은 그럴 경우 어떻게든 변명을 하거나 단박에 '싫다'고 말한다. 거절했어야 하는 게 여자였다.
그런데, 왜 그 여자는 자기를 좋아하는 남자도 아닌데 매번 그 남자가 부를 때마다 만나러 나갔을까? 후배의 다음 이야기를 들으려는 여자들이 침묵을 지켰다. 후배가 자기 앞에 놓인 커피잔을 들어 한 모금 마시고 주위에 앉은 언니들을 쳐다봤다.
언니들이 꼴깍 침을 삼켰다. 기다리고 있다는 표시였다.

"남자가 자기를 사랑하지 않는다는 건 알지만, 여자는 남자를 사랑했거든요."

여자들은 이해했다.
자기를 사랑하지 않는 남자가 여자를 만나자고 한다. 그 남자의 목적은 뻔했다. 남자에겐 단지 그날 같이 지낼 여자가 필요했을 뿐이었다.
그런데, 문제는 그 여자도 그 남자의 목적을 뻔히 알고 있었다는데 있다. 그럼에도 불구하고, 여자는 남자를 만나러 나갔는데, 후배의 이야기는 그랬다.
그 여자는 남자를 사랑하니까, 그 남자가 자기를 사랑하지 않는다고 해도 만나러 나갔다는 것이다.

그게 여자라고 했다.
그 자리에 모였던 여자들이 누가 먼저랄 것 없이

한숨을 쉬었다.

일부는 고개를 끄덕이기도 했고, 일부는 고개를 가로저었다. 통조림은 그 이야기를 들으며 혹시 후배의 이야기 속 주인공이 '후배'가 아닐까란 의문을 품었다.

여자의 육감이랄까.

남의 이야기를 저렇게 속속들이 알고 있을 사람은 별로 없었다. 후배는 지금 자기 이야기를 하며 언니들에게 '나 사랑하고 있는 여자 맞죠?'라고 동의를 구하는 것처럼 보였다.

새로운 페이지.
여자는 제일 윗부분부터 글을 적어 내려갔다.

후배의 이야기 속에 남자와 여자의 모습이 고등어와 통조림으로 변해 있었다. 그런데, 이번엔 상황이 약간 달랐다.
고등어가 통조림을 안 좋아하는데 만나자고 부르는 게 아니라 통조림이 그저 그렇게 생각하는(정확하게 이야기하자면 통조림이 고등어를 볼 때 뜨겁게 사랑한다거나 가슴이 뛰는 게 아닌 상태) 고등어가 통조림에게 만나자고 연락하는 상황이었다. 통조림과 고등어는 그렇게 만났다.

하루는 고등어가 통조림에게 '오늘 들어가지 마. 같이 있자'라고 했을 때도 통조림은 두 말 없이 뒤돌아서 집으로 돌아온 적이 있다. 그 이유는 간단했다. 고등어의 눈빛과 얼굴에서 그 말을 하는 목적을 읽은 뒤였다.

'저 녀석은 지금 이 순간이 외로울 뿐이야!'

통조림의 가치관이기도 했다.
사실, 뭐 통조림의 여자 친구들, 썸녀와 썸남도 그렇고, 여자고등어랑 비슷한 이야기도 한 적이 있지만 연애를 하는 사이에서 하루를 같이 보낸다는 건 얼마든지 있을 수 있는 일이었다. 좋은 말로 '스킨십' 그러나 남자들이 부르는 말로 '하룻밤'이었다.

하지만, 그건 상대에 대한 존중까지는 아니더라도 배려가 먼저 필요한 문제였다. 연애하는 사이니까 일심동침하는 게 뭐가 문제냐고 되묻는 어리석은 사람은 없어야 한다. 상대에 대한 배려라는 건 '내 기분 위주'가 아니라 '상대방의 기분'을 염두에 둔다는 말과 같다.
내가 오늘 외로우니까 같이 있자고 할 게 아니라 '우리 오늘'이란 표현을 넣어야 했다. 말 몇 마디의 차이가 크다.
그 말은 말하는 사람의 마음과 생각을 드러내기 때문이다.

'난 안 외롭거든.'

통조림이 고등어의 난처한 얼굴을 뒤로 하고 집으로 쏜살같이 돌아오게 된 그 날 기분이었다.
그리고 통조림의 생각 중에는 '연애하는 커플'과 '결혼한 부부'의 차이가 분명히 있어야 한다고 여겼다. 연애를 한다고 해서 결혼한 부부들이 하는 생활대로 똑같이 산다면 그건 아니라고 여겼다.
연애와 결혼은 달라야 하고, 그래야만 부부가 되었을 때 기쁨도 더 크고 행복할 거라는 믿음이 있기도 했다.

연애와 결혼의 차이가 단지 '혼인신고서' 한 장의

차이라면 그건 의미가 없었다. 통조림이 통조림일 수밖에 없는 이유, 일정 부분에 있어선 세상 흐름을 역행하는 부분이 있어서 그렇다. 통조림의 벽이 세상과의 단절을 뜻하는 건 아니고 통조림만의 세계와 가치관을 지킨다는 의미였다.

'하지만 혼인신고 안 하고 부부처럼 살아가는 커플도 많아. 그들도 충분히 아름다워.'

통조림의 생각도 같았다.
평생 연인으로 살아가는 부부가 있다. 혼인신고도 안 했고, 물론 결혼식도 안 했다. 둘 사이엔 당연히 아이도 없다.
그런데, 두 사람은 뜨겁게 사랑했고, 지금도 사랑한다. 앞으로도 사랑할 거란 믿음이 있었다. 그럼, 왜 이 두 사람은 결혼을 하지 않을까? 그건 두 사람이 소중하게 생각하는 또 하나의 무엇이 있어서다.

'사실 뭐 결혼이란 '약속의 의식' 같은 거잖아? 우리 둘이 애 낳고 잘 살겠으니 지켜봐 달라. 경건해야 하고 사람들 많이 모아두고 그 앞에서 약속하는 거야. 그런데, 약속을 했고 서로 사랑하는 사람들이라면 그런 결혼이란 게 필요 없다는 말도 될 수 있어. 각자의 인생에서 소중하게 생각하는 건 여러 가지가 있을 수 있으니까. 나와 생각이 다르다고 해서 그 사람이 틀린 게 아니니까.'

그렇다고, '사랑하고 좋은 감정'이 있으니까 '뭐든 된다'고 하는 건 아니었다. 통조림은 자기를 사랑할 줄 아는 여자였다. 물론, 그 남자를 사랑하긴 하는 것 같았다. 하지만, 그보다 앞서 자기 자신을 사랑하는 여자였다.

따르릉.
딩동댕.
띠리링.

스마트폰 알람이 방안을 휘저었다.
아침이었다.

평일 아침. 여자는 서둘러 침대에서 몸을 일으켜 화장실로 향했다.

오마이갓.

침대 시트 자국이 여자 얼굴에 그대로 묻어났다. 이대로 출근했다간 또 회사 사무실에서 온갖 비아냥거림과 놀림을 받을 게 뻔했다. 회사에서 엎드려 자는 것도 모자라서 이젠 집에서 엎드려 자냐는 손가락질이 여자의 전두엽과 후두엽, 뇌 주름 사이사이를 파고들 게 뻔했다.

'나처럼 생각 많이 하는 신중한 여자에게?'
'뇌가 섹시한 나란 여자에게?'

여자는 뺨을 문지르고 비누로 닦아보며 뜨거운 물을 틀어 살을 불려보기도 했다.
아니다.
여자는 서둘러 씻고 나와서 화장대 앞에 앉았다. 여자에겐 컨실러(concealer)가 있었다. 주름진 자국에 조금 더 두툼하게 메이크업을 했다.

완벽.

너 좋아하는 숫자 4개 불러봐
내 마음에 들어오는 비밀번호야

SCENE
내가 나에게 주는 선물

"먼저 퇴근합니다."

여자가 회사를 나섰다. 오늘은 여자가 쇼핑하는 날이다. 돈 쓰는 날? 아니다. 여자의 스트레스를 치유하고, 고민을 날려버리며 몸 안의 병의 원인이 될지 모르는 온갖 걱정거리를 없애는 날이다. 맞다. 그 남자에 대한 기억도 없애보려는 날이다.

여자가 백화점에 들렀다.
저녁 7시. 남은 시간은 1시간여 남짓이다. 퇴근 후에 바로 왔는데도 쇼핑 시간이 절박하다. 여자는 발걸음을 옮기며 혼잣말을 중얼거렸다. 우리나라 불경기라고 소비가 살아나야한다고 하기 전에 퇴근 시간을 앞당기고 최저 인건비를 올려야 해. 그래야, 경기가 살아날 거야.

백화점 1층.
메이크업 코너에서 새로 나온 색조화장품과 기능성 제품, 유명 브랜드 코너에서 시연해주는 메이크업 과정을 구경했다.

'저 언니는 모델이라서 그래. 오늘 저거 하려고 어제 피부샵도 다녀오고 엄청 돈 들였겠지?'

메이크업을 받고 있는 모델을 보며 그 회사의 화장품이 눈에 들어오진 않고 오히려 모델의 피부가 눈에서 떠나지 않았다.
메이크업 효과를 극대화하기 위해 한껏 머리를 틀어 올려 뒤로 묶음머리 스타일을 한 모델은 민낯에서 점점 변해가며 마법의 경지에 오르는 화장술을 직접 몸소 보여주고 있었다. 백화점에 오면서 여자도 물론 그랬던 순간이 있었긴 했다.

메이크업 제품을 둘러보며 립스틱을 손등에 발라보기도 하고, 향수를 종이 묻혀 뿌려보며 향기를 맡아보던 여자는 바로 옆 코너에 구두와 지갑, 보석 코너를 구경하면서 '다이아몬드 반지'를 살짝 쳐다봤다.

'에휴. 그래도 고등어는 금반지라도 줘서 고맙네. 다이아몬드보다는 금반지가 더 좋지. 의미도 있고. 그런데, 다이아몬드 반지가 예쁘긴 하네. 정말 예쁘다.'

구두를 신었다.
그리고 다시 벗고 다른 구두를 신었다. 그 남자에게 선물로 받은 부츠가 벗겨졌다가 다시 신겨지곤 했다.
그 남자의 부츠가 아니라 지금은 여자의 부츠이긴 했지만 여자는 부츠를 바라보며 기분이 묘했다. 그 남자의 부츠를 벗고 다른 신을 신어본다는 것 자체가 그 남자를 떠나보내려는 자신의 마음과 같아서다.

번번이 그 남자의 부츠가 여자 다리에 자꾸 돌아오곤 했다.
여자는 그 남자가 자꾸 생각나는 이유도 부츠 때문으로 여겼다. 여자는 구두를 샀다.

카드 6개월 할부로 끊었다.
일시불로 할 수도 있었지만 일부러 할부로 나눴다. 앞으로 6개월 안에 어떻게 하든 남자를 잊겠다는 여자의 각오였다. 백화점 1층에서 쇼핑을 마친 여자는 2층으로 올라갔다.

'부츠 때문이었어. 그 남자가 다시 떠오른 게.'

여자가 아침에 집에서 나올 때도 신었던 부츠였다. 이래서 연인끼리는 선물을 함부로 하는 게 아닌 걸 알았다. 아침에 신고 온 부츠, 점심시간에도 그걸 신고 커피점에 갔다.

저녁 무렵에 부츠를 신고 밖으로 나왔다.
여자의 부츠는 여러 가지 의미가 담겼다. 지저분한 도로에 맨발로 다니지 않게 막아주는 경계막이기도 했고, 다른 남자들이 여자의 종아리를 쳐다보지 않도록 가려주는 가림막이기도 했다.

여자의 무릎길이에 다다른 부츠는 도로에 흙이 튀는 것을 막아주는 건 물론이고 차가운 바람이 여자 피부에 닿는 걸 막았다.
근데, 부츠가 그 남자에게서 왔다는 건 그 남자가 여자에게 아직 남아 있다는 의미였다.

너무 지나친 억측일까?
여자는 부츠 때문에 편안하고 따뜻하게 보내고 있다는 걸 부정할 순 없었다.
남자는 여자에게서 떠났지만 그 남자는 아직 떠나지 않은 상태이기도 했다.
여자는 2층으로 올라가는 에스컬레이터 위에서 부츠를 내려다 봤다. 가지런히 모은 두 발처럼 부츠도 맞닿아 있었다.

'어떻게 해야 하지?'

버리기엔 아깝고, 그냥 두자니 그 남자 생각이 나

서 불편했다. 부츠는 여자의 발을 편하게 해주는 대신 여자의 마음을 불편하게 했다. 그래서 부츠는 발에 신는 건가 보다.
여자가 생각했다. 여자의 마음에 신는 부츠가 없기에 그렇다.

2층이다. 여성 영캐쥬얼 층이다.
참, 그러고 보니 백화점 구조는 왜 1층엔 메이크업 제품과 구두, 스카프, 보석류 제품을 판매하고, 2층엔 여성 영캐쥬얼을 두는지 알 것 같다. 3층엔 미시 스타일 의상이고, 5층엔 남성의류, 6층과 7층엔 핸드백 잡화 아이템 층이며 그 위엔 식당가 또는 문화센터가 들어선 것도 이해할 수 있었다.

대한민국에 백화점들마다 차별화를 두고 층을 바꿔도 될 텐데 왜 대개 비슷비슷한 상품으로 구성할까 생각했다.
그 이유는 백화점을 찾는 고객들 입장에서 소비금액을 늘리기 위한 전략이라고 봐야 했다.
제일 윗층에 극장이나 문화센타, 식당을 두는 이유는 고객들이 백화점에 와서 식사를 하고 위에서

부터 각 층을 하나씩 내려가며 상품을 구경할 수 있도록 만든 방법이었다.

눈으로 보지 않으면 사고 싶은 욕구도 생기지 않지만 눈으로 볼 경우엔 이야기가 달라진다. 문화센터나 극장도 마찬가지다.
문화센터에 들른 고객들이 강좌를 듣고 나가면서 백화점 상품을 쇼핑하도록 유도한 전략, 극장 역시 마찬가지였다.
여자는 각 층을 올라가보며 에스컬레이터 위치랑 식당, 극장, 문화센터를 살펴봤다. 극장 출구와 식당 출구, 문화센타 출구랑 가까운 곳에 에스컬레이터가 놓였다.

여자는 2층에서 옷을 구경했다.
스웨터, 니트, 정장, 블라우스, 바지, 청바지, 스포츠웨어 코너로 이동했다.
1층에서 구두를 샀기에 2층에서 부츠에 어울리는 스타일을 찾는 중이었다. 또는, 여자의 집에 있는 여자의 옷들과 같이 어울릴 만한 아이템들을 찾았다.

겨울에 부츠와 어울릴 만한 청바지가 있다면 스웨터나 겉 외투로 입을 점퍼를 고르는 순서였다. 그날은 구두를 샀으니까 블라우스나 스커트를 고르기로 했고 구두 색상과 어울리는 것으로 여자에게 끌리는 디자인을 찾아봤다.

2층에 올라와서 두어 번 같은 자리를 돌았지만 마땅히 눈에 들어오는 디자인이 없었다. 아무래도 이 날은 여자가 옷을 살 때가 아닌 듯했다.

여자가 기억했다.
그전에 그 남자랑 백화점에 같이 온 적이 있었다. 그때는 4층에도 갔었는데, 여자가 4층으로 향하는 에스컬레이터를 쳐다봤다.

얼마나 시간이 지났을까?
그 남자는 이제 없는데 그 남자가 탔던 에스컬레이터는 여전히 있었다. 그것도 힘차게 위로 향하고. 에스컬레이터를 따라서 여자의 고개도 들렸다. 시선을 옮겨보니 그 자리엔 남자에게 어울리는 옷들이 보였다.

여자는 뒤돌아섰다.
에스컬레이터는 다시 아래로 향했다. 여자도 아래로 돌아가기로 했다. 에스컬레이터 앞에서 남자는 위로, 여자는 아래로 갈라섰다. 에스컬레이터마저도 남자와 여자를 갈라놓는다.

여자는 그 날 구두 한 켤레만 샀다. 다음 날 아침엔 부츠 대신 여자의 구두를 신고 나갈 작정이었다. 여자는 자기 생각대로 걷기로 했다. 구두가 시작이었다. 남자를 만나러 가는 길엔 구두보다 부츠를 자주 신었다. 남자가 사준 구드를 신고 남자에게 가곤 했다.
그래야만 할 것 같았다.

자기에게 오라고 남자가 여자에게 부츠를 사줬던 게 아니었을까?
여자는 그 남자의 부츠를 신고 그 남자의 가슴 속으로 걸어 들어갔었다고 생각했다.
최소한의 예의, 그 남자에 대한 배려였다. 하지만 이제 배려조차 사라졌다.

여자의 집 현관문이 열렸다.
쇼핑에서 여자가 돌아온 시각은 밤 9시 30분이 조금 지난 무렵이었다. 백화점 폐장 시간까지 쇼핑을 하고 있었다.

그리고 문 닫을 시간임을 알리는 음악이 흐르면서 백화점 직원들의 인사를 받으며 백화점 문을 나섰던 여자는 지하철 대신 택시를 타기로 했다. 버스나 지하철 교통편이 없는 건 아니었지만 오늘 만큼은 그 남자의 부츠를 편안하게 해주고 싶었다. 택시 안에서 가지런히 부츠가 여자의 집으로 향했다.

물론, 여자와 부츠는 서로 아무 말도 하지 않았다.
집안으로 들어서자마자 신발장에 부츠를 벗어 넣었다. 새로 사온 구두는 여자의 집 거실에 올려뒀다. 포장지를 열진 않았다.
그 안에 어떤 구두가 들었는지 알기에 굳이 뜯을 필요도 없었다. 여자는 내일 아침에 출근을 할 때야 비로소 구두 포장지를 뜯고 구두를 꺼내 신기로 했다.

선물포장은 저녁에 뜯는 것보다 아침에 뜯는 게 더 의미가 있다고 여겼다. 저녁에 뜯으면 바로 보고 잠자리에 들지만, 아침에 뜯으면 선물을 신고 하루 종일 같이 지내기 때문이다.
그 선물은 여자가 여자에게 주는 선물이었다. 앞으로 같이 잘 해 보자는 의미, 여자가 스스로 일어서자는 의미이기도 했다.

남자들은 몰랐다. 여자는 혼자 놀기도 잘한다. 커피샵도 혼자 잘 다니고, 노래방도 혼자 다닌다. 여자는 침대에 누운 채 천장을 바라보며 중얼거렸다.

쇼핑도 혼자 하기도 해. 오늘처럼 말이야. 그러니까, 남자들 기억해. 여자들이 남자친구를 쇼핑에 데려가는 이유는 여자 가기 싫어서도 아니고, 여자 혼자 다닐 데가 아니라서 그런 게 아냐.
여자는 쇼핑하는 즐거운 시간을 남자랑 같이 나누고 싶어서 그런 거야. 쇼핑이 물건을 사는 게 전부가 아니거든. 물건을 고르고, 나에게 맞춰보고, 생각하고 구경하고 이 모든 게 여자의 쇼핑이야.

그런데, 거기에 여자가 좋아하는 남자친구가 같이 있다고 해 봐. 그 여자는 행복한 거야. 자기에 대해서 남자에게 더 알려줄 수 있다고 생각하거든. 여자가 좋아하는 것, 여자가 원하는 것, 여자에게 어울리는 것 등등. 남자가 한 여자를 만나려면 그 여자에 대해서 다 알려고 해도 힘드니까, 여자가 특별히 남자에게 베푸는 여자를 소개하는 시간이야. 그러니까, 남자들, 앞으로 여자의 쇼핑에 적극 따라나서 봐. 여자의 마음을 움직이는 거, 어렵지 않아.

여자는 눈을 한 번 감았다가 다시 떴다. 하품이 나왔다. 졸음이 슬슬 찾아왔다.

남자는 혼자 놀면 심심해 죽겠다고 하지만, 여자는 혼자 놀기 잘 해. 이제 알지? 여자에겐 또 다른 여자가 있거든. 그래서 여자는 자기에게 이메일도 보낸다니까? 자기가 자기에게, 여자가 여자에게 보내는 대화를 이메일로 써서 듣고 말하기도 하는 게 여자야. 그 남자를 보낸 후, 여자는 여자를 위하는 시간을 가져야 해, 혼자 하는 그 방법은 오늘처럼 쇼핑하는 것도 좋아. 여자가 이별하고 헤어졌어. 마음이 슬퍼. 그럼 여자는 자기를 위한 치유의 시간을 가져야 해. 오늘 쇼핑은 그런 의미였지. 여자가 여자에게 주는 선물이란 스스로를 위한 치유의 시간이야.

밤 하늘에 별 따달라고 하지마
네 눈 속에 이미 다 들어간 걸

SCENE
쇼핑하는데, 투정하던 네가 없어

"쇼핑 어떠셨어요? 구두 사셨네요? 예뻐요. 완전 진짜 잘 어울려요."

썸녀다.
오늘은 썸남이 쉬는 날, 썸녀가 혼자 여자에게 다가왔다. 다행이다. 그 두 사람을 오늘도 회사 비상계단 통로에서 볼 일은 없을 테니까. 썸녀가 여자 자리로 왔다.
어제 일찍 퇴근하던 여자에게 어딜 가냐고 묻기에 쇼핑하러 간다고 했던 게 전부였다. 그런데, 썸녀가 여자에게 칭찬부터 하고 온다. 여자의 마음이 조금 열렸다. 여자는 역시 여자에게 다가서는 방법을 안다.

"그냥 샀어."
"완전, 진짜 예뻐요. 부러워요. 비싼 거 같아요. 우아. 나도 갖고 싶어요."
"썸남에게 사달라고 해."
"남자에게요? 남자들, 아시잖아요?"
"?"
"생각 단순하고, 기분 조금만 맞춰주면 헤헤거리고, 여자 귀찮게 하는 남자들요. 잘 아시면서?"

맞다. 남자를 안다.
통조림도 남자를 안다.

이런 제길.

썸녀가 한 말인데 여자가 고개를 끄덕였다. 여자는 여자끼리 어쩔 수 없이 의도하지 않았는데도 통하는 부분이 있다. 여자는 여자랑 대화하는 법을 안다. 여자의 빈틈이 뚫렸다. 썸녀가 배시시 웃었다.

"근데, 가끔은 또 그런 남자들이 필요하잖아요? 우리 여자들에게도요. 이 세상에 남자 없으면 무슨 재미로 살까요? 메이크업도 해야 하고, 예쁜 옷도 봐 줄 사람이 필요하고, 손 잡고 다닐 사람도 필요하고요."

아침 출근 후 커피 한 컵을 회사 자판기에서 빼서 회의실에 들어갔다. 업무 시각까진 십여 분 여유가 있었다.

여자는 아침 커피를 좋아했다.
종이컵에 받은 자판기 커피이지만 값 비싼 프랜차이즈 커피보다 훨씬 맛있고, 진하고, 향기도 좋아서였다.
종이컵 커피는 이렇게 진한데, 커피점 커피는 물을 많이 섞어서 싱겁기도 하고, 얼음 넣은 아이스 커피가 더 비싼 이유도 이해가 안 되기도 했다.
그때 회의실 문이 열리며 썸녀가 들어왔다.

"쇼핑 잘하는 남자는 바람둥이에요. 아니면, 엄청 가난하던가. TV에 가끔 나오는 스타일링 잘 한다는 사람들 있죠? 그 사람들 실제 살아가는 거 보면 그저 그래요. 진짜 스타일링 잘알고 부유한 사람들은 겉으로 드러나게 옷 입고 다니질 않아요. 옷 잘 입으면 부자인 거 같죠? 아니에요. 절대. 진짜 부자들은 오히려 부자인 척을 안 한다는 거죠. 제 친구네 아버님이 한남동에서 전기공사 일을 하시는데요, 한 번은 국내 모 대기업 회장님 댁에 전기가 고장 났다고 해서 갔데요. 10년째 단골이시라고 하더라고요. 근데, 아세요? 우리나라 최고 부자라는 그분이 자기 집에 커튼이랑 테이블보는 10년도 넘은 걸 그대로 사용하고 계시더래요. 믿겨지세요?"

여자와 남자의 쇼핑 모습이 다르다는 얘기를 하던 중이었다.
썸녀가 말했다.
쇼핑 잘하는 남자는 바람둥이던가 가난하다고. 일리 있는 이야기였다. 진짜 부자들은 겉모습을 드러나지 않게 하고 다닌다는 것도 맞는 얘기였다.

유독 한국에서만 그것도 이제 갓 소득수준 2만 달러 넘었으면서 외제차에 비싼 옷, 사치품에 지나지 않은 가방 같은 거에 목말라하며 가짜 상품으로라도 행색을 내려한다는 이야기, 소득수준 7만 달러가 넘는 노르웨이나 스위스 같은 나라 사람들은 오히려 옛 것을 소중히 여기고 소박하게 살아간다는 이야기를 비교하며 통조림이 고등어에게 한 얘기 중에 쉽게 고쳐지지 않는다는 일종의 정신병이라고 한 적도 있었다.

"하지만 자기가 좋아해서 외제차를 타고 다니고, 디자인이 좋아서 가방을 사는 사람도 있어."

고등어가 통조림에게 말했다.
너무 세게 나가지 말자는 눈빛이었다. 통조림이 오른팔을 뻗어 고등어의 어깨를 툭 쳤다.

"알아. 내 말은 자기 소득 수준에 걸맞지 않는 행동을 하지 말자는 거야."

***

남자와 여자의 쇼핑을 비교해 보면 안다.
여자는 알뜰하게 쇼핑을 한다. 생각하고 비교해서 자기에게 어울릴 것만 산다. 어울리더라도 꼭 필요한 것만 산다.
사이즈를 보고 가격을 보고 쿠폰을 사용하고 마일리지를 사용해서 100원이라도 싼 걸 산다.
그렇다고 물론 여자가 절약을 하기 위해 싸게 사려고 한다면 반은 맞고 반은 틀린 이야기다.
여자가 쇼핑을 할 때 돈을 아끼는 이유는 하나를

사더라도 돈을 아껴서 사려는 게 아니라 같은 값이면 제한된 예산에서 여러 개를 사려고 하는 이유다.

여자에게 어울리는 헤어핀이 있다고 하자.
프랑스제라는 표시가 있다. 그런데, 가격은 8만원.
여자는 그 헤어핀을 살까 안 살까?
헤어핀 바로 옆에 유모차가 있는데 그 유모차 가격은 22만원.

남자가 보기에 이런 생각이 들 거다.

'유모차 하나 만드는데 저렇게 많은 재료가 쓰였는데도 가격이 22만원인데, 헤어핀 하나가 8만원이라니 말도 안 돼. 유모차 재료로 헤어핀을 만들면 수백 개는 만들 텐데. 말도 안 돼!'

심지어, 이 남자가 헤어핀과 유모차를 보고 이런 생각을 하는데 어떤 여자가 와서 냉큼 그 헤어핀을 사간다면 그 남자는 놀란 입을 다물지 못할 게 분명하다.
그 여자가 자기 여자친구라면 말이다.
그래서 남자는 그렇지 않다. 다르다. 돈을 쓸 줄

모르는 게 아니고 쇼핑하는 법을 모르는 게 아니지만 남자는 어쨌든 쇼핑을 여자보다 못 한다.

쇼핑을 잘하는 남자는 누군가?
쇼핑을 하는 여자들의 심리를 제대로 짚을 줄 아는 남자다.

여자에게 어울리는 것, 여자가 좋아하는 것, 여자가 쇼핑하는 이유를 잘 파악하고 있는 남자다. 그래서 이 남자는 쇼핑을 해서 여자에게 선물을 준다. 그러다보니, 바람둥이가 되고, 그래서 가난해진다.

여자 입장에서 이 남자를 사랑하냐고?
아니다.
선물을 받는 사람이 취해야 할 태도와 예절은 안다. 그래서 남자가 선물을 주면 기뻐하고 웃어준다. 행복하다고 말해 준다. 하지만 거기까지다. 연애하는 시기에 쉽게 보는 풍경이다.

결혼하면 어떻게 될까?
남자가 여자에게 비싼 선물을 하려고 하면 여자는 말린다. 남자가 선물을 사면 그만큼 생활비가 줄

어든다는 걸 알기에 그렇다. 여자에겐 어느 순간부터 선물이 중요한 게 아니라 생활비랑 미래 준비가 더 중요하게 된 이유다.

여자들은 기억하자.
여자의 쇼핑을 배려해 주는 남자들의 모습이 지나치게 여자 마음에 든다면 주의하라!
왜?
남자는 쇼핑을 모른다.
남자가 쇼핑을 알고 치장에 적극적이라면 그 남자는?
맞다. 제비족이든가 바람둥이다.
남자가 쇼핑을 모른다는 건 세세하게 가려가며 쇼핑하지 않는다는 얘기다. 돈을 주고 물건을 사는 것쯤은 안다. 거기까지가 쇼핑이라고 여긴다.

* 너한테 중독되었나 봐
 너를 못 만나면 금단현상이 생겨 *

"첫 만남에서 손만 잡을 걸 그랬어요. 키스까지 했더니 이제 완전히 자기 여자 취급이에요."

썸녀가 말했다.

여자가 생각했다.
남자와 여자의 연애는 '선을 넘느냐', '안 넘느냐'에 따라 골인지점에 도착했는지 아닌지 구분되어 나뉜다.
고속도로 달리는 자동차 같은 거라고 우겨볼 수도 있다. 제한속도가 100km이다보니 진행 과정이 빨라야 한다.
시내에서 운행해도 시속 60km는 나와야 하므로 주차장에 세워둔 차가 아니라면 남녀 사이의 진도는 항상 속전속결이다.

남녀 사이에 선은 빨리 넘을수록 진도가 빠르다.
그런데, 문제다.
진도가 빠를수록 남자 역시 급격한 피로감을 갖는다. 고속도로에서 혼자 운전해 본 적 있는 남자는 똑같다. 피로해진다.
그런데, 여자 입장에선 약간 다르다.
여자의 손을 잡을 땐 제한속도 위반해야 한다며 빨리 잡더니 여자가 좋아하는 쇼핑할 때는 천천히 규정 속도를 지키라며 고르는 물건 족족 태클을 건다.

고속도로에선 남녀 사이에 진도 좀 나가자며 과속방지턱 없으니까 맘껏 밟으라고 하던 남자들일지라도 쇼핑하러 와서는 비포장도로라도 왔는지 빨리 이곳을 빠져나가자고 한다.
남자는 속도, 여자는 풍경이라서 그럴 거야. 썸녀의 얼굴을 보던 여자가 생각했다.

"그런데요, 전에 만나던 남자랑 갔던 곳은 같이 가지 말아야겠어요."

여자가 이별하고 혼자 쇼핑할 때도 그렇지만, 새로 생긴 남자친구와 쇼핑하러 갈 때는 전에 사귀던 남자랑 다니던 곳은 피해야 한다.
맞다.
남자랑 가던 곳은 절대 가지 말자.
그 남자랑 같이 바라보던 옷가게가 아직도 그대로 있고, 그 남자랑 같이 입어보던 옷들이 아직 거기에 걸려 있다.

이럴 땐 여자 마음에 '폭풍우 같은 눈물의 쓰나미'가 몰려온다. 새로 생긴 남자 모르게 여자 가슴은 지난 추억에 울렁이게 된다.
이럴 경우엔 여자의 쇼핑시간이 짧아진다. 새로

만나는 남자의 팔짱을 끼며 어색한 웃음을 동반한 채 서둘러 쇼핑몰을 빠져나간다. 옛 기억으로 미안해서가 아니다. 여자 스스로 감당하기 어려워서 그렇다.

반면에, 지금 혼자인 여자가 기분 전환 삼아 쇼핑을 나갔다면 울컥 슬픈 감정이 휘몰아칠 때가 갑자기 찾아온다. 예쁘게 보이려고 쇼핑하던 여자인데, 예쁘게 보여야할 상대가 없다는 것을 깨달았을 때다.

아, 물론, 여자는 거울을 보며 자기가 예쁜 모습을 봐도 행복해 한다. 그러나 여자가 가장 행복할 때는 여자가 사랑하는 상대에게 예쁘다는 칭찬을 들을 때다.
그 상대가 없어진 후, 여자는 예쁘다고 해줄 사람이 없어진 탓에 쇼핑의 즐거움이 전처럼 생기지 않는 걸 알게 된다.

"확 그냥! 썸남에게 헤어지자고 할까 봐요. 그 썸남이 어떻게 행동하나 보게요. 쇼핑하는 것 하나에도 서로 맞지 않는 게 느껴져서 짜증도 나고 그래요."

통조림이 썸녀를 쳐다봤다.

'헤어지자고 해 볼 거라고?'

썸녀는 사실상 헤어질 마음은 없는 여자로 보였다. 다른 여자에게 자기가 사귀는 남자랑 헤어질까 생각 중이란 걸 말하는 여자는 '사랑을 받고 있다'는 의미인 동시에 '그 남자가 여자에게 얼마나 많은 사랑을 주는지 곧 확인해 볼 생각'이란 말이었다.

진짜로 사귀는 남자랑 헤어지려는 여자는 다른 여자에게 지금 사귀는 남자랑 헤어질 거라고 미리 광고하지 않는다.
마음의 결정이 선 후에라야 말을 한다. 여자가 지금 사귀는 남자를 다른 여자에게 말하며 '헤어진다'를 운운할 때는 다른 여자들이 보기에 그 여자가 '가벼워' 보인다.
그 남자가 여자에게 오죽 잘 하지 못했으면 여자가 저렇게 헤어진다고 할까 생각하는 게 아니다.

자기 남자랑 사귄다고 광고한다고 보인다.
지금 남자랑 헤어져도 또 다른 남자가 금방 생긴

다고 자랑하는 걸로 보인다. 지금 사귀는 남자가 자기에게 어떻게 하고 있는지 물어봐 달라는 의미로 들린다.

"구두 예뻐요."

썸녀가 통조림에게 말했다.
어색한 미소와 함께. 썸남 이야기에 미안하다는 표정이었다. 통조림이란 호칭은 그 남자만 아는 별명이다.
썸녀는 그래서 통조림이라고 부르진 않았다. 여기선 그냥 여자로만 말한다. 이름을 밝히기 싫어하는 이 시대의 연애 중인 여자라서 그렇다.
고등어가 여자 부르기를 통조림으로 부르고, '여자'라고 인정해 주지 않은데 대한 불만이기도 했다.

'그래, 구두는 예쁘지'

여자는 속으로만 대꾸할 뿐 겉으로 드러내진 않았다. 오늘 여자가 새로 산 구두를 신고 온 이유는 부츠를 신고 싶지 않아서였다. 이제부터 여자 곁에서 그 남자의 흔적을 하나씩 버리고 싶었다.

그 남자가 들으면 또 그럴 게 분명했다.

'야, 통조림이 고등어를 버리냐? 고등어가 통조림을 버리지?'

아니라는 걸 보여주고 싶은 여자였다. 통조림이 거꾸로 뒤집히더라도 그 안에 든 고등어를 싹싹 긁어내서 이젠 기억나지 않게 하고 싶어 한다는 걸 보여주고 싶었다. 여자가 어제 쇼핑을 다녀온 이유였다.

SCENE#
내가 만든 계란프라이
처음 먹은 건 너야

"계란프라이 해 줄게."

통조림은 원룸에 고등어가 첫 방문한 날 가스렌지 앞에 서며 말했었다. 여자의 기억이다.

여자와 남자가 좁은 원룸 안에 있는 첫 날, 그것도 연애하기 시작한 두 남녀가 비로소 방안에 있던 첫 날이었다.
고등어나 통조림 모두 뭘 어떻게 해야 할 지 당황스럽긴 마찬가지 심정이었다.
집 안에 들어선 후 얼마나 지났을까?
손바닥 크기도 안 될 만큼 작은 탁상시계 하나가

통조림이 쓰던 컴퓨터 책상 위에 있었는데, 그 소리만 방 안에 가득했다. 고등어를 문 앞에 세워두고 원룸 안을 대충 정리하던 통조림이 방 가운데에 앉았다.

"들어와. 앉아. 나 여기서 살아."

머쓱한 표정으로 발을 디딘 고등어가 방안을 둘러봤다. 여자의 방은 통조림의 방이 처음이었다.
고등어 역시 뭐라고 할 말이 딱히 생각나지 않았다.

남자는 이럴 줄 알았으면 밖에서 만나자고 할 걸 괜히 여자 집에서 고쳐주겠다고 쫓아왔던 걸 후회하는 중이었다.

"컴퓨터는?"

그 날 아침, 회사에서 업무용 메신저로 통화하던 여자와 남자는 여자가 집에서 쓰는 노트북 컴퓨터가 고장 났다는 걸 알고 남자가 고쳐주겠다고 나섰던 게 기억났다.
부품이 망가지거나 고장 난 건 아니었다. 노트북

컴퓨터 부팅 프로그램이 오류가 나서 남자가 원본 파일을 빌려주겠다고 한 게 전부였다.
그리고 여자가 쓰던 마우스가 물에 빠져서 다시 말렸는데 어떻게 다시 사용할 수 있는지 모르겠다기에 남자가 그것 역시 봐주겠다고 말했던 것도 기억났다.

"마우스는?"

남자와 여자는 퇴근 후 여자 집근처 지하철역 출구에서 만났다. 그리고 근처 커피점에서 커피를 마시고 곧장 여자 집으로 왔다.
사귀기로 하긴 했지만 아직 서먹한 상태인지라 서로의 애칭(혹은 별명)을 부르진 못했다. 고등어통조림이라고 서로 부르게 된 시기는 이로부터도 한참 뒤의 일이었다.

남자는 여자 집에 오게 된 이유를 노트북 컴퓨터와 마우스 때문으로 돌렸다.
여자가 집 앞 커피점에 컴퓨터랑 마우스를 들고 나왔으면 거기서 프로그램을 설치하고 마우스 사용 여부를 확인할 수 있었을 텐데 하필이면 노트북 컴퓨터에 배터리가 없었고, 여자 역시 집에서 케이블을 연결해서 사용하던 게 문제였다.
고장 났다는 마우스 역시 분해해서 물기가 어느 정도 남아 있는지, 전원을 연결하거나 USB 케이블을 연결할 경우 합선으로 완전히 고장 날 원인은 없는지 확인해 보는 게 중요했다.

"집에 가서 고치자. 우리... 집에 갈래?"
"그래. 그게 좋겠어. 아참..."

처음엔 대수롭지 않게 같이 집에 가서 고치자던 여자는 이내 자기가 내뱉은 말이 어떤 의미인 줄 알고 얼굴이 빨개졌다.

맞다.
여자 집은 회사 사무실이 아니었다. 남자 역시 집에 가자고 해놓고 곧이어 그게 어떤 상황을 초래할지 걱정되는 눈치였다. 그렇게 남자가 여자 집에 첫 발을 디뎠다.

남자가 여자 집에 발을 디딘 후 잠시 어색한 침묵이 흘렀다. 탁상시계 초침 소리와 남자와 여자의 침 삼키는 소리만 들렸다. 정적을 깨고 몸을 일으킨 건 여자였다.

원룸 중앙에 놓아둔 작은 테이블을 사이에 두고 마주 앉아 있던 남자가 여자를 따라 일어섰다.

"어, 그래. 내가 뭐 도와줄게. 뭐 해줄까?"

여자가 고개를 돌려 남자를 쳐다봤다. 남자는 다시 머쓱해졌다. 가스레인지 앞에 선 여자가 프라이팬을 렌지 위에 올려두고 계란을 깨서 부치기 시작했다.
남자는 여자 뒤에 서서 계란프라이를 가만히 쳐다보기만 했다.

"아냐. 도와줄 건 없고, 냉장고 냉동실에 아이스크림 있는데, 그거 먹어. 그리고 컴퓨터 책상 안쪽에 와인 있어. 우리 회사 부장님이 유럽 출장 다녀오면서 나 먹으라고 준 건데 집에서나 혼자는 술을 전혀 안 먹어서 그냥 보관하던 거야. 와인 먹을래?"
"응? 응. 그래. 내가 와인 잔 준비할 게."

여자가 남자를 다시 쳐다봤다.
이번엔 프라이팬 위에서 익어가는 계란프라이 소리만 지지직 틀렸다.

"와인 잔? 없는데. 아참, 그거 와인 따개도 없다. 어떻게 하지? 사올까?"
"응? 아냐. 아냐. 내가 해볼게. 젓가락 있지? 한 개만 줘. 그리고 물컵 있으면 그걸로 마시자. 아이스크림은 우리 와인 먹고 입가심으로 먹자."
"응, 그래. 잘하네...?"
"뭐...를?"
"여자 집에서 뭐할지... 착착 알아서 하는 거 같...은데?"
"처음...인데?"

다시 정적이 흘렀다.

그 대신 남자가 테이블 위에 물컵을 올려두는 소리, 아이스크림이 있는지 냉장고 냉동실 문을 열었다가 다시 닫는 소리, 남자가 원룸 안에서 움직이는 소리가 들렸다.

여자가 계란프라이를 완성해서 접시에 담아 들고 테이블 앞으로 왔다. 테이블 위에는 남자가 셋팅해 둔 와인용 물컵 두 개, 여자가 다니는 회사에 직원이 갖다 준 와인 한 병, 그리고, 여자가 담아 온 계란프라이를 놓을 접시 자리가 비어 있었다.

"먹어봐."
"뭘?"
"변태."

여자를 보고 웃던 남자, 화낸 여자. 남자는 곧 어류 고등어로 변신, 앞에 통조림을 흘깃 보더니 접시 위에 젓가락을 올렸다.

"요리 잘한다?"
"계란프라이가 요린가? 암튼 나 이거 처음이다."
"뭐가?"

"계란프라이 남자한테 해주는 거. 아니, 내가 먹을 거 말고 남에게 해주는 거 진짜 처음이다. 그쪽이 처음이야."
"고마워. 나도 처음이다. 여자가 나를 위해 해주는 계란프라이. 아참, 엄마 빼고 너처럼 젊은 여자가 해주는 거."

풋,
여자가 웃었다.
그리고 남자도 웃었다. 웃고 보니 어색한 분위기

가 많이 부드러워졌다. 여자는 남자가 계란프라이를 다 먹는 걸 기다렸다가 다시 말했다.

"우리 호칭 좀 정리하자. 난 그쪽 뭐라고 하지?"
"고등어."
"하하하. 진짜 그렇게 불러도 돼? 나 사실 아까부터 고등어, 고등어하고 입 밖으로 나오는데 참기 어려웠어. 그럼 고등어는 나 뭐라고 부를래?"
"통조림."
"응?"
"통조림. 그래야 고등어통조림 되지."

고등어, 통조림은 그렇게 역사적인 한 방 쓴 날을 기념하며 와인 잔을 기울였다.
통조림이 계란프라이를 만드는 사이, 고등어가 젓가락 하나로 와인 마개를 병 속으로 힘껏 밀어 넣어 와인을 따를 수 있게 만들었다.

잠시 후.
와인 컵을 싱크대에 넣고, 계란프라이를 올렸던 접시를 물로 닦는 중이었다.
통조림이 고무장갑을 끼고 싱크대 앞에 서서 그릇

을 닦는 동안 고등어가 통조림 뒤로 가만히 다가섰다. 그리고 통조림의 허리를 뒤에서 살짝 안았다.
통조림은 본능적으로 몸을 웅크렸다가 다시 천천히 원상태로 돌아왔다. 고등어가 통조림 허리를 더 꼭 끌어안아줬다.

"노트북컴퓨터랑 마우스는 다 고쳤어. 노트북은 이제 이상 없이 부팅 잘 될 거야. 마우스는 물에 빠졌다고 해서 분해해서 헤어드라이기로 말렸어. 그리고 다시 켰더니 잘 되더라. 다시 살아난 마우스니까, 이름 하나 지어줬어. '고마우스'라고."
"고마우스? 재밌네. 고등어 형제야? 같은 고씨?"
"어쨌든. 그리고 나 이제 간다."
"……응. 집에 도착하면 연락하고."

고등어는 통조림의 허리를 감았던 팔을 풀고 원룸 밖으로 나섰다. 현관문을 닫으며 통조림을 향해 씨익 웃어줬다.
통조림 역시 고등어를 바라보며 웃었다. 그렇게 역사적인 하루가 지나갔다.

그로부터 몇 개월 지난 뒤, 고등어 생일이었다. 강남역 오픈 카페에서 만난 고등어통조림은 생일 케이크를 켜고 축하 노래를 부른 후 와인 잔을 건배했다.
그 날 회사에서 있던 이야기를 하던 중 통조림이 고등어에게 물었다.

"왜 그 날 그냥 갔어?"
"뭐가?"
"나도 부끄러운데 물어보는 거야. 우리 연인인데, 그 날 집에 안 가려고 해야 그게 남자 아니었나 싶어서. 나도 어차피 원룸 혼자 살고, 고등어도 혼자 사는데. 다음 날은 토요일이었고. 하늘이 내린 기회 아니었어? 고등어한테?"

고등어가 입가에 미소를 보이며 웃었다. 통조림은 그런 남자 얼굴을 보며 '진짜 고등어 닮았어'라고 속으로 생각했다.

"통조림 네가 혹시 더 아쉬웠던 거 아냐?"
"아니, 전혀."
"그날 실은 집에 가면서, 집에 가서도 후회했지. 사귀기로 하고 첫 방문인데다가, 와인이랑 아이스크림에 살짝 취하고 달달한 분위기였거든."
"근데?"
"근데, 그런 생각이 들더라. 그 날 같이 있을까 아니면 그날은 그냥 집에 갈까 생각했어. 그랬더니 내 결론은 '그냥 가자'였지."
"왜?"

여자가 잔을 입에 대고 와인을 조금 들이켜면서 남자를 쳐다봤다. 와인 유리잔 사이로 남자 얼굴이 더욱 동그랗게 보였다.

"연인이랑 부부랑 차이점이 뭘까? 혼인신고서 종이 한 장 차이는 아니라고 생각해. 물론, 아이도 있고 하지만, 연인 사이를 조금 더 유쾌하게 즐기고 싶다는 생각? 연인이란 부부랑 차이가 없어버리면 나중에 우리 서로 오래 만나다가 잘 돼서 결혼도 하게 되면 그때 유쾌하게 보낼 수 있는 시간들이 줄어들 것 같아. 그리고 그 날은 무엇보다도 통조림이 고등어한테 첫 요리를 해준 날이잖아. 그것만으로도 감사했지."
"내가 매력 없던 건 아니고?"

여자가 와인 잔을 입술에서 떼어 테이블 위에 올

려뒀다. 남자를 바라보며 입술을 삐죽 내밀고 턱을 앞으로 툭 퉁기는 동작을 보였다.

남자가 여자를 만나서 하늘이 준 그런 절호의 기회를 그냥 놓친 게 말이 안 되는데 거짓말 하는 거 아니냐는 표시였다.

"절대 아니지. 남자는 여자가 자기에게 뭘 처음으로 해준다고 하면 그 여자가 세상에서, 아니 전 우주에서 제일 소중한 존재가 되거든."

여자가 웃었다.

"그래서, 내가 제일 소중한 여자가 된 거야?"
"응."
"고등어?"
"응? 왜 통조림?"
"자기 은근히 매력적이다. 어쩌면 이 모든 게 잘 짜인 프로그램 같은 걸 수도 있지만 자기 웹디자이너 직업 잘 했어. 여자 마음 달래는데 뭔가 아는 남자 같아. 그래, 합격이야."
"웬일이래? 생선이 통조림한테 칭찬도 받고?"

남자와 여자는 서로 마주 앉아서 그렇게 하루를
보냈다.

엑스레이를 찍었는데, 속에 아무 것도 없대
너한테 내 마음을 다 줘서 그런가 봐

그래서 엑스레이를 다시 찍었어.
이번엔 내 속에서 네 얼굴만 나오더라.

SCENE#
연애는 이코노미석
이별은 비즈니스석

"통조림, 여행 가자."
"무슨 여행? 고등어랑?"
"응. 해외여행. 새로 생긴 데 좋은 데 있어. 말레이시아 남섬 쪽인데 코타키나발루."
"비행기는?"
"이코노미 좌석! 좋잖아? 연인인데."

잠잘 준비를 한 여자가 침대에 엎드렸다. 스마트폰에서 스케줄표를 살펴보며 쉬는 날짜를 찾았다. 그리고 여자가 여행 계획을 짰다. 새로 산 다이어리 덕분이다. 가까운 일본, 홍콩, 태국 중에서 주말을 끼고 다녀올 수 있는 여행지를 골랐다.
그렇게 다이어리에 여행 날짜를 체크하던 중 예전 고등어랑 여행 계획을 짜던 기억이 났다.

"패키지여행이지? 나 너랑 같은 방 안 써. 우리 둘만 여행 안 가. 기억하지?"
"통조림, 알았어. 알았대도. 너무 티 나게 그러지 마. 사람 많이 가는 여행이야."
"근데 우리 좌석은?"
"이코노미 좌석이지."

남자의 말이었다.
연인끼리는 이코노미 좌석을 써야한다. 그래야만 가깝게 앉을 수 있고 서로의 정도 느낄 시간이 늘어난다. 남자의 주장이었다.
여자가 물어봤다.

"그럼, 비즈니스 좌석은?"

그 사람들은 다 헤어지는 사람들이냐고 따졌다.
남자가 다시 대답했다.

"통조림, 야! 너 신혼부부가 여행 갔다가 여행지

에서 싸우고 따로 돌아온다는 말 못 들었어? 그때 보면 그 사람들 비즈니스 좌석 타고 온다더라."
"진짜? 근거 있어? 고등어, 넌 어떻게 그런 걸 알아? 너 혹시?"
"야! ...... 신문에서 봤어. 그리고 비즈니스 좌석은."
"비즈니스 좌석은?"
"연인인데 앉는 자리가 너무 넓어. 그래서 우리 둘 사이에 공간이 너무 커. 그래서 안 돼. 대화도 힘들고, 이어폰 같이 끼고 음악 들을 수도 없잖아, 난 너무 싫어. 비즈니스 좌석 연인 사이엔 쥐약이야."

여자는 코타키나발루를 검색했다. 휴양지였다. 아름다운 섬이다. 스마트폰에서 인터넷으로 찾은 섬의 영상 이미지를 보며 여자가 생각했다.

'만약 그때 고등어랑 통조림이 여행을 같이 떠났더라면 지금도 헤어지지 않았을까?'

여자는 남자가 잡았던 여행 날짜를 찾아봤다.
지금으로부터 한 달 뒤였다. 여자와 남자는 같이 떠나기로 한 여행을 출발도 하기 전에 헤어져 버린 뒤였다.

'그 남자는 지금쯤 여행 계획을 취소했을까? 아니면, 다른 여자 친구가 생겨서 같이 떠날 준비를 하고 있을까?'

여자는 다이어리를 덮었다. 두통이 도진 듯했다. 여자는 침대 머리맡에 두통약을 찾아 두 알을 먹고 침대에 누웠다. 편두통을 달고 살아가는 여자였다.
여자가 남자를 사랑했던 만큼 미련이 남는다. 여자는 그걸 감정의 찌꺼기라고 불렀다.

'내가 그 남자를 얼마나 사랑했는데, 그 남자도 분명히 나를 못 잊고 있을 거야. 나를 잊기 위해 힘들어 할 거야. 그럼 그 남자 불쌍해서 어떻게 해? 나를 잊기 위해 힘들어할 텐데, 나는 정말 나쁜 여자인가?'

여자는 몸을 뒤척였다.
연인끼리는 이코노미석을 타고 가자며 풍족하진 않지만 새파랗게 젊은 청춘들의 해외여행 계획을 자랑스럽게 이야기하던 남자였다. 여행 경비는 남자가 대기로 하고 그로부터 3개월 후, 덜컥 예약을 마쳤다고 연락해온 남자는 그때부터 야근수당 챙기기와 외식 줄이기, 술 끊기, 담배 끊기를 하며 여행경비를 악착같이 모은다고 말했다.

이제는 다 부질없는 시간들이 되어버렸지만 말이다. 여자는 반대쪽으로 몸을 뒤척였다.

'나, 진짜 나쁜 여자인가? 실수로 그랬다며 지금이라도 연락해서 다시 만나볼 수도 있을 텐데. 내가 먼저 미안하다며 앞으로 잘 해 보자고 할 수도 있을 텐데. 맞아. 내가 그날 고등어 스마트폰 찾으러 주차장으로 가는 게 아니었어. 그 광경만 보지 않았더라도 어쩌면 내가 먼저 다시 만나자고 할지도 몰랐잖아. 도대체 뭐가 뭔지 모르겠다. 나란 여자 도대체 어디가 꽉 막힌 건지, 아니면 내가 정상인지도. 머리 아파.'

여자에게 있어서 자신이 선의의 피해자라고 생각하게 되는 백설공주 콤플렉스보다 더 무서운 건 자기가 나쁜 여자라서 상대 남자를 힘들게 했을 거라는 마녀콤플렉스가 있다.
자기가 독 사과를 든 마녀라도 된 것처럼 자기를

학대한다. 하지만, 여자가 알아야 할 정답이란 마녀도 없고 백성공주도 없다는 점이다.
여자는 단지 여자니까 그렇다. 여자는 백설공주도 아니고 마녀도 아니다.

요즘 같은 세상엔 더욱 그렇다.
모르는 사람이 주는 거 함부로 받아먹는 사람도 없다. 행여 독이 든 사과를 백설공주에게 줬다가는 CCTV 찍혀서 멀리 못 도망가고 잡히는 세상이다. 사과에 지문이 남게 되고 국과수에선 단 몇 초 안에 범인 여자의 지문을 찾아낼 수 있어서 그렇다. 여자는 침대 머리맡에 둔 스마트폰을 바라봤다.

오늘 회사에서 있던 일이다.
여자가 잠시 화장실에 다녀온 사이, 전화가 울렸다고 했다. 그런데 썸녀가 대신 받아주려고 받자마자 상대방이 말없이 그냥 끊었다고 했다.
썸녀가 여자에게 미안하다고. 혹시 썸녀가 받아서 상대방이 그냥 끊은 건 아닌지 모르겠다고 걱정스런 표정을 지었다.

여자는 스마트폰을 들고 화면을 찾았다. 모르는

번호였다. 화면 액정을 다시 끈 여자는 스마트폰을 모니터 옆에 뒀다.
썸녀가 그때까지도 걱정스런 표정으로 여자 주위에 있었다. 여자는 썸녀에게 괜찮다고 말해주고 상관없다고도 말했다.

**나 병원이야, 이젠 괜찮아
너를 본 순간 숨이 멎었지 뭐야**

SCENE #
미안해, 쿨하지 못해서. 나한테 화났던 마음은 착불로 보내줄래?

"미안해. 쿨하지 못해서. 나한테 화났던 네 마음은 착불로 내게 보내줘."

여자가 그 남자에게 메일을 썼다.
하지만 다시 지웠다. 도저히 메일을 보낼 용기가 생기지 않았다. 헤어지자고 통보한 지 벌써 며칠째, 여자와 남자는 서로에게 연락을 하지 않았다. 혹시, 모를 일이라는 건 그 남자로부터 여자에게 전화가 걸려왔었고 여자가 받으면 차마 대화할 용기가 없어서 그냥 끊고 말았던 일이 있었을 지도 몰랐다.

통조림 그리고 고등어란 애칭은 이제 더 이상 두 사람만의 인식표가 아니었다. 슈퍼에 들러 고등어 통조림을 사도 별다른 감흥이 없었다.
시장에서 고등어자반을 봐도 흐뭇한 미소가 생기며 회사에서 열심히 일하고 있을 그 남자 얼굴이 떠오르진 않았다.
워크샵에 갔다던 그 남자가 숙소 근처 마트에 들러 통조림이란 통조림은 모조리 사진을 찍어 스마트폰으로 전송해줬을 때 여자가 그 사진을 보고는 방바닥을 구르며 큰 웃음을 터뜨렸던 일도 다시 생길 수 없는 추억이 되어버렸다.

여자는 여자의 일상 속으로 누군가 짜 맞춘 프로그램 속에서 하루를 살았고, 남자 역시 또 다른 공간에서 다른 이들과 만든 계획표에 따라 몸을 움직이며 살아가고 있을 뿐이었다.

여자는 문득 남자가 보고 싶어졌다.
연애란 게 참 치사했다.

'사귄다'란 말을 주고받은 관계에선 언제나 보고 싶을 때 전화하고, 만나고 싶을 때 만나도 됐지만 '헤어져'란 말 뒤에는 영원히 안 볼 사람들처럼 연락을 끊고, 이름 석 자 다시 생각하지도 않으며 차갑게 살아야 하는 현실이 되었다.

스마트폰 속 전화번호부에 남겨진 그 남자의 연락처는 모두 지워진 상태였다.
인터넷 속에서 전자우편함에 쌓아두었던 그 남자와 나눈 이메일 역시 모두 사라졌고, 심지어 수신거부까지 해두었다.

'고등어 통조림, 걔네들 서로 사귀던 남자 여자 정말 맞니?'

누가 보면 두 사람이 연인이었던 게 맞나 싶을 정도로 남자와 여자는 마치 오래 전부터 준비한 것처럼 완전하게 결별하는 법을 연습했던 사람들이 되었다.
사랑을 시작할 땐 우연하게 시작했지만 헤어질 때는 그럴 줄 미리 알고 기다렸다는 듯이 완벽한 사람들의 모습을 그대로 보였다.

'사람들 너무 잔인해.'
'나도 그래.'
'그래서, 내가 더 미안해.'

영화 속 비련의 여자주인공이 되고 싶은 여자의 심리였을까?
통조림에서 벗어난 여자는 이따금, 완전히 버러지 못한 그 남자의 미련의 찌꺼기 틈바구니에서 헤어 나오지 못할 때가 되면 갑작스레 눈물부터 터졌고, 이어 울음보가 생겼다.

무조건 미안하다,
미안하다.

그 남자를 향하던 사과의 마음이 여자인 자신에게 다시 돌아오기도 했다.
자기 삶을 희극으로, 해피엔딩 결말을 기다리며 또는 만들어 가며 살아가는 행복의 주인공이 되는 방법을 몰랐던 탓일까?

남자나 여자 모두 지극히 주관적, 아니 이기주의적이었다. 오늘 밤 여자는 남자에게 이메일을 쓰다가 다시 지우기만 벌써 1시간 째. 잠을 이루지 못하고 있었다.
남자의 이메일 주소는 다 지워져 찾지 못할 줄 알았는데 여자는 그 남자의 블로그를 알고 있었다. 포털 사이트 블로그는 그 사람의 사용자 ID로 블로그 주소가 만들어졌기에 여자가 남자에게 이메일 주소를 아는 방법은 어렵지 않았다.

다 지웠다고 생각했는데 여전히 지워지지 않은 그 남자에 관한 기록이었다. 완벽하다고 여겼는데 그건 여자 혼자만의 기대였다.

세상은 두 사람이 만나길 기대하지 않았던 것처럼 보였지만 그렇다고 헤어지라고 요구한 적도 없었다. 세상은 남자와 여자를 여전히 같은 공간에서 바라보고 있었다. 어떤 인연의 끈이 남자와 여자를 만나게 했을까?

'걔랑 나랑 왜 만난 거야? 만나지 않았다면 이렇게 마음 정리하는데 힘들지도 않았을 텐데. 너무 힘들어. 그 남자, 도대체 날 어떻게 길들인 거야?'

여자가 남자에게 보내는 마지막 이메일 내용은 '내가 미안하다' 내용이 전부였다.
하지만 여자는 이 짧은 단문 메시지를 문자로 보내지도 못하고 벌써 그날 밤 몇 시간째 이메일을 썼다가 지우기를 반복하고 있었다.

남들보다 예쁜 나
남들이 못 가진 걸 가진 나
나만의 스타일인 그 남자
내가 원하는 남자=내 스타일에 어울리는 남자

그 남자랑 연애할 때, 여자의 눈에선 애정이 쏟아지지만 남자의 눈에선 하트가 쏟아졌다는 걸 기억했다. 여자는 남자에게 여자의 희망을 이야기했다.

너란 남자는 내가 제일 예쁘다고 해줘야 하고, 남들이 못 가진 남자를 가진 내가 되어야 하니까, 너란 남자는 성공해야 하고, 내가 하고 다니는 스타일에 맞춰서 네 스타일이 변해야 하고, 넌 내가 너를 원할 수 있도록 항상 나한테 맞춰주면서 살아가야 해.

여자가 남자와 연인이 된 이후 같이 보낸 시간 동안 대화하고 이야기 나눈 내용을 정리해보니 이런 의미가 되었다.
남자 역시 다르지 않았을 게 뻔했다. 두 사람은 서로 이야기 나눌 때마다 '의견 일치'에 다다르는 데 선수였다. 남자가 얘기하면 여자가 '나도 그래'

대답했고, 여자가 애기하면 남자 역시 '맞아, 나도 그래'로 대답했다. 서로가 서로에게 요구하는 걸 완벽하게 알고 있던 사이였다.

그래서 여자가 자꾸 이메일을 썼다가 지웠다만 반복할 뿐으로 느껴졌다.
여자는 자기가 하고 싶은 말을 썼는데 쓰고 보니 남자가 여자에게 했던 말이라서, 다시 쓰려고 해도 마찬가지의 내용만 쓰게 되는 까닭이었다.

'연인일 때는 안 보였던 것 같은데. 헤어지니까 여자와 남자가 보여. 우리 둘이 똑같은 사람이었어.'

> 넌 나한테 태양이었어,
> 사람들이 날 보면 빛이 난다고 했거든
> 우리 다시 연애할 수 있을까?

"혹시 최근에 사랑하셨어요?"

의사가 여자에게 물었다. 여자가 의사를 쳐다봤다. 의사의 얼굴은 환자를 대하는 전문가의 표정 딱 그 얼굴이었다.
여자는 의사 이야기를 듣고 '혹시 사랑할래요?'라고 들었다. 그래서 이 의사가 나한테 같이 사귀자고 하는 건지 얼굴을 쳐다본 게 이유였다. 고등어가 떠나고 혼자 남은 통조림에게 생긴 난청 상황이었다.

"네?"
"호르몬 요법이 필요할 것 같아서요. 환자분은 여성이신데, 여성호르몬이 없어요."

통조림은 얼굴이 확 달아올랐다.

'난 여자야, 난 여자라구!'

이게 무슨 소릴까?

통조림은 자기가 왜 지금 병원에 왔는지 오늘 아침 일을 떠올렸다. 분명 그 때가 지난 것 같았다. 어떤 여자들은 그 날이 되면 허리가 아프고 정신이 몽롱해질 정도로 지독한 고통을 겪는다는데, 통조림은 사실 그 정도는 아니었어도 그래도 매월 정기적으로 마법의 날이 찾아오곤 했었다.

그런데, 언제부터인지, 아마 고등어랑 헤어지기로 하고 난 뒤로 생각된다. 통조림에게 생리가 끊겼다.

그렇게 몇 달이 지났다.
그리고 어느 날 토요일 아침, 통조림은 달력에 그려진 빨간 동그라미를 짚어보며 이번 달에도 그 날이 없으면 병원에 가보리라 생각했던 게 기억났다.

그리고 점심식사 시간을 이용해서 회사에서 조금 거리가 먼, 혹시나 직장동료를 마주치지 않을까 걱정하지 않아도 될 만큼 떨어진 병원에 왔다.
방배동 지하철역 주변에 있는 산부인과에 왔다. 간단한 초음파 검사와 피 검사, 그리고 통조림이 이해할 수 없는 검사를 마친 후 의사 앞에 앉은 통조림에게 의사가 해준 말이었다.

'요즘 사랑하냐고?'

여자가 다시 의사를 쳐다봤다.

"진료 차트에 보면 생리불순이라고 하셨는데 다른

건 아니고요, 호르몬이 없어요. 여성호르몬이 안 나오는 여자분이세요."
"네? 네..?"

의사의 표정은 사뭇 진지했다.
통조림의 표정은 황당함과 이유 모를 안심이 엇갈린 표정이었다. 통조림은 물론 고등어랑 이렇다 할 원인이 될 행동을 하지 않았지만 상상임신이란 건 알고 있었다.

어떤 남자를 간절히 원하는 여자가 임신이라도 해서 남자를 잡고 싶어 했는데, 실제로 그 여자에게 임신했을 때와 같은 신체 변화가 나타났다는 이야기였다. 베스트셀러 여성지에서 읽은 내용이었다. 통조림이 맹신하는 잡지 중에 하나였다.

오늘 병원에 오기 전에도 통조림은 자기 배를 쓰다듬으며 살짝 걱정했던 기억도 났다.

소변으로 검사하는 테스트기엔 아무 반응이 나타나지 않았지만 병원에서 혹시나 다른 말을 하면 어떻게 할지 대책을 세우지 않은 상태였다. 그런데, 여자에게 여성호르몬이 없단다.

'이건 또 무슨 시츄에이션?'

의사가 말했다.

"여성호르몬이 없어서 생리가 없는 거예요. 우선, 호르몬 주사를 놔드릴게요. 그럼, 생리가 터질 거고요, 다음에 또 생리가 없으실 경우 병원에 오세요. 호르몬요법을 해보고 경과가 그래도 없으면…"
"없으면요?"
"포기해야죠. 그럴 땐 약물로 치료가 안 돼요."
"그럼, 저 어떻게 해요? 남자가 되어야 해요?"
"아뇨. 사랑을 하세요. 사랑을. 멋진 남자분이랑 연애를 하세요. 그럼 자연적으로 치료가 됩니다."
"연애를 하라고요? 누구랑?"
"남자랑요."

의사는 통조림 얼굴을 보며 당연한 걸 묻는다는 표정을 지었다. 그리고 모니터를 보며 진료결과를 입력하고 정자세로 앉았다.

이제 그만 진찰실에서 나가달라는 표시였다.

다음 손님, 아니 다음 환자가 기다리고 있다는 무언의 압박. 통조림은 주섬주섬 가방을 들고 일어섰다.

그 날 저녁 집에서 병원에서 받아온 약을 먹었다. 병원에서 호르몬주사를 맞기도 했다. 그러자, 진짜 거짓말처럼 생리가 시작됐다.
침대에 누웠다.
집에 보일러 온도를 높였다. 방이 따뜻해야 했다. 통조림은 의사의 말이 떠올랐다. 무표정했던 의사 얼굴이 험상궂게 변하면서 통조림에게 압박의 주문을 내뱉기 시작했다.

'연애를 하라. 연애를 해. 연애를 해야 네가 여자다. 여자가 왜 연애를 안 하니? 연애를 하면 살 수 있다. 이것아, 연애를 해라. 남자랑 연애를 해라. 넌 여자 아니니? 여자 안 할 거니? 여자가 될 수 있다면 무엇이라도 해야지? 연애를 해! 연애를 해! 세상 남자를 다 꼬여. 연애를 해!'

통조림은 의사의 얼굴이 점점 다가오면서 소리치는 걸 피하기 위해 고개를 심하게 가로저었다. 의사의 얼굴이 거의 다가와서 통조림 얼굴과 마주칠

즈음 통조림은 눈을 떴다.

다행이다.
꿈이다.
통조림은 몸을 일으켜 싱크대 찬장에서 유리컵을 꺼내 들고 냉장고에서 찬 물을 꺼내 따라 마셨다. 그리고 물이 남은 컵을 들고 침대에 와서 머리맡에 등을 기대고 비스듬하게 앉았다.

'연애 세포가 다 죽었다? 병원에 갔더니 여자의 그날이 없어진 것도 호르몬 분비도 안 된단다. 여자는 그럼 이제 남자 되는 거야? 연애는 그럼 또 누구랑 해?'

사실, 통조림은 우연히 그 남자를 다시 만나기 원하는 여자의 심리가 있었다. 이번엔 내가 제대로 차주겠다, 이번엔 그 남자 콧대를 무시해 주겠다 벼르는 여자의 심리이기도 했다.
이별을 통보하고 고등어의 연락이 오기를 기다렸던 적도 있었다.
하지만, 그 기다림에도 아무 변화가 없는 시간이 흐르면서 통조림은 계속 지쳐갔다. 미안하기도 하고, 슬프기도 하고 혹시 고등어가 통조림 인생에 마지막 인연이 아니었을까 두려움이 생기기도 했던 게 사실이었다.
이제 더 이상 그 남자가 기억이 나지 않을 때였다.

병원에 들렀다.
그런데, 의사는 '사랑하라'며 또 다시 그 남자 기억을 되새겨 줬다. 잊을 만하면 생각나게 하는 세상, 통조림은 이제 더 이상 아무하고도 사랑하지 않겠다는 각오를 다졌다.
하지만 그 남자 고등어만 생각하면 여전히 한쪽 가슴이 시려오는 걸 도저히 막을 수는 없었다.

'다시 연애할 수 있을까?'

통조림은 고개를 저었다.

혼자 살겠다?
고개를 끄덕였다.

이제 두 번 다시 사랑하지 않겠다. 통조림은 입술을 꽉 다문 채 고개를 끄덕였다.
들고 있던 물컵을 침대 머리맡 조명등 아래에 두

고 몸을 다시 뉘였다. 통조림의 베개에 비가 내렸다.

통조림은 몰랐다.
바로 그 다음 날인 일요일 아침. 통조림의 집 앞에서 기다리고 있는 남자가 문을 두드리기로 되어있었다. 통조림이 침대에 눕는 순간이었다. 여자가 살아가는 그 공간으로부터 이 지구 그렇게 멀지 않은 곳에선 한 남자가 인터넷을 열어보고 이메일을 확인하고 있었다. 그 남자였다.

하나. 둘. 셋. 넷. 다섯……
백이십. 백이십일…
이백.

남자의 이메일함에는 수신 거부된 이메일이 2백통이 쌓여있었다. 남자가 이메일을 보낸 주소는 한 곳이었고, 수신 거부된 이메일이 자동 반송되어 돌아온 곳도 한 사람이었다. 남자는 2백통의 이메일 목록을 하나씩 열어봤다.

그 남자의 이메일은 모두 다른 내용이었다.
하지만, 어느 것 하나도 그 사람에게 전달되지 못

하고 돌아와 버렸다. 남자는 이메일을 다시 쓰기 시작했다.

"이제 마지막 이메일이야. 201번째 메일이야. 2백일이 지났네? 나 내일 너한테 갈 거야. 내일 우리 만나서 이야기 해. 너 집 201호잖아? 너한테 가는 길, 아직 잊지 않았어. 내일 보자."

남자는 이메일을 다 쓰고 '보내기'를 눌렀다.

'보내기 성공'

남자는 새로운 이메일을 쓰기 시작했다. 이번엔 다른 사람이었다.

"썸녀, 고맙다. 통조림한테 다른 남자 생기지 않도록 막아준 것도 고맙고, 그동안 통조림소식을 나한테 전해줘서 고마워. 내일 통조림 만나고 이야기할 건데, 우리 넷이 다음 주에 점심 같이 해. 내 대학교 친구 썸남이랑 잘 지내지? 그 날 하루 전에 나랑 만나서 통조림하고 나 헤어진 거 듣더니 나 도와주기로 하고, 다음 날 너한테 이야기했다고 하더라. 주차장에 전화기 흘리라고 한 네 아이디어 고마워. 그날 조수석에 너 태우고 빠져나가는데 통조림이 왔던 거 보고 우리 연기하느라 힘들었잖아. 그날 오전엔 너랑 썸남이랑 비상계단에서 몰래 작전 이야기하고 있는데 통조림이 갑자기 와서 놀랐다며? 모두모두 고맙다. 그리고 썸녀, 너는 어떻게 주차장 아저씨까지 알고 지내지? 아무리 너랑 같은 동네 사는 이웃 아저씨라고 해도 말이야. 그리고 커플요금제는 내가 다시 살려놨어. 내일 가서 줄 거야. 이번엔 내가 커플요금 내겠다고 할 거야."

사실 통조림은 연애를 책에서 배웠다.

'연애는 아름답게 시작했으니 헤어질 때도 아름다워라! 모든 걸 사랑했던 여자처럼, 그리고, 그 남자랑 헤어진다면 맑은 날 오후에 헤어져라. 감정의 찌꺼기도 남지 않게!'

헤어진 감정을 달래기 위해 그 남자가 생각날 때마다 술을 마시던 여자는 술병 나서 병원에 입원하고 고통을 겪으며 남자를 사랑하던 마음을 이겨내려고 했다.
그 남자에게 본때 보이려고 성형수술하고 살 빼서

예뻐진 여자는 텅 빈 지갑과 은행 잔고를 보며 당장 아르바이트 자리에 매달렸다는 슬픈 이야기가 있다.

그 남자에게 다른 여자가 생겨 헤어지면서, 이 다음에 죽어선 하늘나라에서 자기랑 사랑하자던 여자의 그 남자를 향한 애달픈 이야기도 있다.

사랑하는 남자가 생기면 그 남자를 위해 아이를 낳고 싶어 하는 여자의 마음은 아름다운 것이지만 그 남자의 이름이 여자의 일상생활을 가로막는다면 그 또한 안 될 말이었다.

헤어짐 후에 찾아오는 사랑의 아픈 감정은 왜 생길까? 미련 없이 사랑했다면 그걸로 족할 텐데, 혹시 여자는 그동안 그 남자랑 사랑하면서, 대가를 바란 건 아니었을까?

'내가 이렇게 사랑해줬는데, 너도 나를 사랑해줘!'

또는, 내가 너를 이정도로 많이 사랑해주는 거니까. 너는 나 말고 다른 여자 만나면 안 돼 라고 기대했을 수도 있다. 너는 나만의 남자가 되어야 한다고 대가를 바라고 사랑했던 사람일수록 헤어진 후에는 그 사람의 가슴에 미련의 찌꺼기가 남아 지워지지도 않는다.
뜨거운 열정으로 사랑했다면, 열정이 식을 때도 온다. 그러니까, 사랑은 뜨겁게 하지 말고, 미지근하게 하라.

미지근한 사랑 하다가 불조절만 한두 번 하면서 끓여라. 대가를 바라고 나눈 사랑의 특징은 마무리할 때도 주머니를 잔뜩 열어두고 상대방에게서 그나마 뭔가 공짜로 떨어지기를 기다리는 것과 같다. 아낌없이 사랑했다면 가슴 속 남은 미련이나 찌꺼기도 이젠 재활용 분리수거해 내다버릴 때다.

사랑이 끝난 건, 영화가 끝나고 극장을 나서는 관객의 마음 같은 거니까. 연애라는 아름다운 영화가 끝난다면 관객석에 앉아 눈물을 훔치지 말고 당당하게 일어나서 극장을 나서라. 그러면, 극장 출구 바로 옆에 극장 직원이 와서 웃으며 물어볼 것이다.

영화 어떠셨어요?
연애 어떠셨어요?

책에서 개봉하는 '예쁜 여자, 그냥 여자' 이야기
무비노블 '예쁜 여자'

주연| 정서영

글| 이영호
감독| 빅터리
카메라| 빅터리
녹음| 빅터리
스틸/연출| 빅터리
OST 작사| 이영호
작곡| 빅터리
스타일링| 빅터리
내지디자인| 빅터리
표지디자인| 빅터리
총괄아트디렉터| 빅터리
출판| 신아출판사

주연: 배우 정서영
seo2117@naver.com

감사합니다.
CONTINUED.

① 모든 무비노블 작품들 및 머천다이징 라이선스 상품은 빅터리하우스[www.victorleeshow.com]에서 만나실 수 있습니다.

② 무비노블 작품 관련 드라마, 영화 등의 판권 및 모든 문의는 메일 designera@naver.com로 바랍니다.

③ 무비노블 작품은 저작권 및 제반 지적재산권의 보호를 받으므로 저작권자(ⓒ이영호)의 서면승인 없이 사용하실 수 없습니다.

[무비노블] 다음 이야기에서 이어갑니다.
무비노블 1인 아트워크스튜디오 [빅터리하우스]
www.victorleeshow.com

무비노블Movie Novel 로맨틱코미디
예쁜 여자 그냥 여자

인쇄 2015년 7월 1일
발행 2015년 7월 15일

지은이 이영호
발행인 서정환
펴낸곳 신아출판사
주소 전북 전주시 완산구 공북 1길 16(태평동 251-30)
전화 (063) 275-4000 · 0484 · 6374
팩스 (063) 274-3131
이메일 shina2347@naver.com sina321@hanmail.net
출판등록 제465-1984-000004호
인쇄 · 제본 신아출판사

저작권자 ⓒ 2015, 이영호
이 책의 저작권은 저자에게 있습니다. 서면에 의한 저자의 허락없이 내용의 일부를
인용하거나 발췌하는 것을 금합니다.
COPYRIGHT ⓒ 2015, by Lee Yeongho
All rights reserved including the rights of reproduction in whole or in part in any form.
저자와 협의, 인지는 생략합니다.
잘못된 책은 바꿔 드립니다.

ISBN 979-11-5605-224-1 04810
ISBN 979-11-5605-223-4 (세트)

값 13,800원

> 이 도서의 국립중앙도서관 출판시도서목록(CIP)은 서지정보유통지원시스템 홈페이지
> (http://seoji.nl.go.kr)와 국가자료공동목록시스템(http://www.nl.go.kr/kolisnet)에
> 서 이용하실 수 있습니다.(CIP제어번호: CIP2015017927)

Printed in KOREA